■ 阅 读 滋 养 人 生

读名家，品经典，助力成长

专家审订委员会

翟民安　著名学者
　　　　北京大学、北京师范大学教授
刘解军　著名作家，中学高级教师
宋永健　北京市海淀区语文骨干教师
　　　　首都师范大学第二附属中学教师
施　晗　著名作家，书法家，出版人

徐志摩散文选

徐志摩◎著
邹星睿◎编

美读
珍藏版

四川辞书出版社

图书在版编目（CIP）数据

徐志摩散文选 / 徐志摩著 ; 邹星睿编 . — 成都：
四川辞书出版社，2020.10 （2024.9 重印）
（名家名著阅读课程化丛书）
ISBN 978-7-5579-0677-1

Ⅰ . ①徐… Ⅱ . ①徐… ②邹… Ⅲ . ①散文集－中国－
现代 Ⅳ . ① I266

中国版本图书馆 CIP 数据核字 (2020) 第 162628 号

徐志摩散文选

XUZHIMO SANWEN XUAN

徐志摩◎著　邹星睿◎编

项目统筹	胡彦双
责任编辑	干燕飞
排版制作	文贤阁
责任印制	肖　鹏
出版发行	四川辞书出版社
地　　址	成都市锦江区三色路238号
邮政编码	610031
印　　刷	三河市南阳印刷有限公司
开　　本	155 mm × 220 mm　1/16
印　　张	11
版　　次	2020 年 10 月第 1 版
印　　次	2024 年 9 月第 3 次印刷
书　　号	ISBN 978-7-5579-0677-1
定　　价	49.80 元

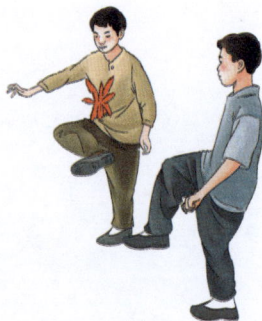

名著阅读规划方案

　　阅读名著是同学们汲取知识、提升能力和素质的重要途径。如何安排阅读才能使同学们获益最多？在此，我们为同学们量身定制了一套科学合理的名著阅读方案，帮助同学们实现有价值的阅读，通过阅读提高自己的文学素养，丰富自己的精神世界。

阅读阶段	阅读群体	阅读要求	推荐书目	推荐理由
第一阶段	1～2年级学生	阅读浅显的童话、寓言、故事等，培养阅读兴趣，能流畅阅读。	中国名著：《成语故事》《唐诗三百首》《三字经》《稻草人》…… 外国名著：《木偶奇遇记》《格林童话》《伊索寓言》《安徒生童话》……	内容浅显，注重快乐阅读，符合低龄学生阅读特点。
第二阶段	3～4年级学生	养成读书习惯，能理解作品大意，与同学交流图书内容。	中国名著：《千家诗》《草房子》《寄小读者》…… 外国名著：《尼尔斯骑鹅旅行记》《列那狐的故事》《一千零一夜》《爱丽丝漫游奇境记》……	学生不需要有专门知识就能理解作品大意，并学到新知识。
第三阶段	5～6年级学生	增加阅读的复杂性，探究性阅读，能够鉴赏文学作品。	中国名著：《西游记》《水浒传》《三国演义》《城南旧事》…… 外国名著：《小王子》《海底两万里》《鲁滨孙漂流记》……	作品内容相对来说比较深刻，有益于提高学生思考能力。
第四阶段	7～9年级学生	广泛阅读各种名著，能通过名著认识社会、人生，提升自我素质，学以致用，举一反三。	中国名著：《朝花夕拾》《呐喊》《繁星·春水》《骆驼祥子》…… 外国名著：《简·爱》《格列佛游记》《童年》《钢铁是怎样炼成的》……	作品所反映的内容与现实密切相关，可以满足学生对社会、人生的探索。作品所体现的美好品质对学生的成长有着激励作用。

经典名著是人类文化史上一道永恒的风景线。品读经典，与经典同行，和文学巨匠来一次心灵的碰撞，让自己的灵魂接受一次全新的洗礼，相信会使你的人生更加绚丽。对同学们而言，品读名著尤为重要。那么，怎样用经典名著使同学们获得滋养呢？

培养兴趣 | Peiyang Xingqu

对学习材料的兴趣是学习的最大动力。为培养同学们的阅读兴趣，我们在书中的每一章节前均设置了"名师导读"板块，简单介绍章节内容，巧妙提出相关问题，吸引同学们深入阅读。另外，本书配以精美插画，生动的画面能够激发同学们的阅读兴趣。

增长见识 | Zengzhang Jianshi

名著是人类智慧的结晶，是知识的源泉。为帮助同学们开拓视野，增加知识储备，更好地理解名著的意蕴，我们在书中设置了"阅读速递""延伸阅读"等栏目。

启迪心智 | Qidi Xinzhi

任何一部名著都蕴含着深刻的哲理，给人以启迪，或教育人奋发图强，或教育人永不言败，或教育人韬光养晦，或教育人懂得感恩……书中通过"品读赏析"栏目概述作品内涵，向同学们传达成长智慧，启迪心智。

经典名著就是一个精彩绝伦的世界，在这个世界里畅想遨游、探幽寻秘，将受益一生。我们针对同学们的阅读特点来引导其自主阅读，使其敞开心扉，尽情领略经典作品的独特魅力，提升自我，充实自我。

　　读书是一门学问，需要讲究方法和原则。为帮助同学们能科学读书、有效读书，我们提供了以下几种行之有效的阅读方法。

1 泛读

　　泛读即广泛阅读，指读书的面要广，要广泛涉猎各方面知识。古人云："读书破万卷，下笔如有神。""读万卷书，行万里路。"多读书，尤其是多读名著，有益于开阔视野，充实自我。

2 速读

　　速读即快速阅读，指对作品迅速浏览一遍，以掌握其全貌。古语云："五更三点待漏，一目十行读书。"运用速读法读书，可以加快阅读速度，扩大阅读量。

3 跳读

　　跳读即略读，指读书时把不重要的内容放在一边，选择主要部分进行阅读。有时读书遇到疑难问题无法理解时，也可以跳过去继续往下读，读完全书后再回来着重阅读未懂内容，便可前后贯通。东晋大诗人陶渊明曾说："好读书，不求甚解；每有会意，便欣然忘食。"

4 精读

　　精读即细读，指深入细致地研读。精读要求读书时精心研究，细细咀嚼，品鉴书中的精华。唐代文学大家韩愈有句名言："记事者必提其要，纂言者必钩其玄。"读书如能做到"提要钩玄"，则基本掌握了书的大意。

5 善思

　　读死书是没有用的，要知道怎样用眼睛去观察，用脑子去思考才行。读书贵在思索。只有把学与思结合起来，才能真正领会书中的要义。

6 活用

　　读书要懂得举一反三，学以致用。南宋学者陈善读书提倡"出入法"，即读书既要读进书中去，又要从书中跳出来。倘若读书不能跳出书本，不能学以致用，那么只会成为彻头彻尾的书呆子。

阅读指南

翡冷翠山居闲话

名师导读

"翡冷翠"是徐志摩对意大利文化名城佛罗伦萨的诗意的译名。当时，他正进行着长达五个月的欧洲旅行。到达翡冷翠后，他立即被这里的自然美景和人文气息所吸引，于是选择了一个山中的住所，尽情享受翡冷翠山中的美丽和自由。在徐志摩眼中，翡冷翠有着怎样的魅力呢？

阳光正好暖和，决不过暖；风息是温驯的，而且往往因为他是从繁花的山林里吹度过来，他带来一股幽远的澹（dàn）香，连着一息滋润的水气，摩挲着你的颜面。

扮一个牧童，扮一个渔翁，装一个农夫，装一个走江湖的桀卜闪，装一个猎户；你再不必提心整理你的领结，你尽可以不用领结……

名师导读

开宗明义，激发读者阅读兴趣，引导读者继续阅读。

词语在线

解释作品中的疑难字词，扫除读者的阅读障碍。

名师点评

点评重点语句，疏通读者理解障碍。

✎ **词语在线**

澹香：恬静安然的香味。

✎ **名师点评**

这里的"桀卜闪"即吉卜赛人。

品读赏析

在美丽的佛罗伦萨的山中，作者享受到的不仅是天堂般的美景，还有身体和思想上的自由。这让他浮想联翩：在如此美丽的大自然中，人并不需要旅伴，也不用带书，只需要无拘无束地阅读大自然这部大书就够了。这篇悠闲纡徐、从容自适的"诗化"散文，带给我们的是优雅、闲适的阅读感受。

品读赏析

鉴赏作品，解析重点内容，提升读者的阅读能力和思悟能力。

写作积累 XIEZUO JILEI

摩挲 踌躇 福星高照 婆娑

·空气总是明净的，近谷内不生烟，远山上不起霭，那美秀风景的全部正像画片似的展露在你的眼前，供你闲暇的鉴赏。

写作积累

荟萃文中的优美辞藻、锦言妙语，帮助读者积累词汇，提高鉴赏能力和写作能力。

思考练习

1.作者为什么认为做客山中时不要约伴？
2.作者认为自然这部书能给予我们什么？

思考练习

根据内容提问题，加强读者对文中内容的记忆与理解。

徐志摩诗歌的艺术成就

徐志摩是现代著名诗人，他对诗艺的创新、他的诗歌中的"性灵"色彩以及他勇于打破格律束缚的特点，使得他的诗歌在新诗的发展史上占有重要的地位。……

延伸阅读
名家名著阅读课程化丛书

延伸阅读

衔接相关知识，帮助读者拓宽视野，储备更多知识。

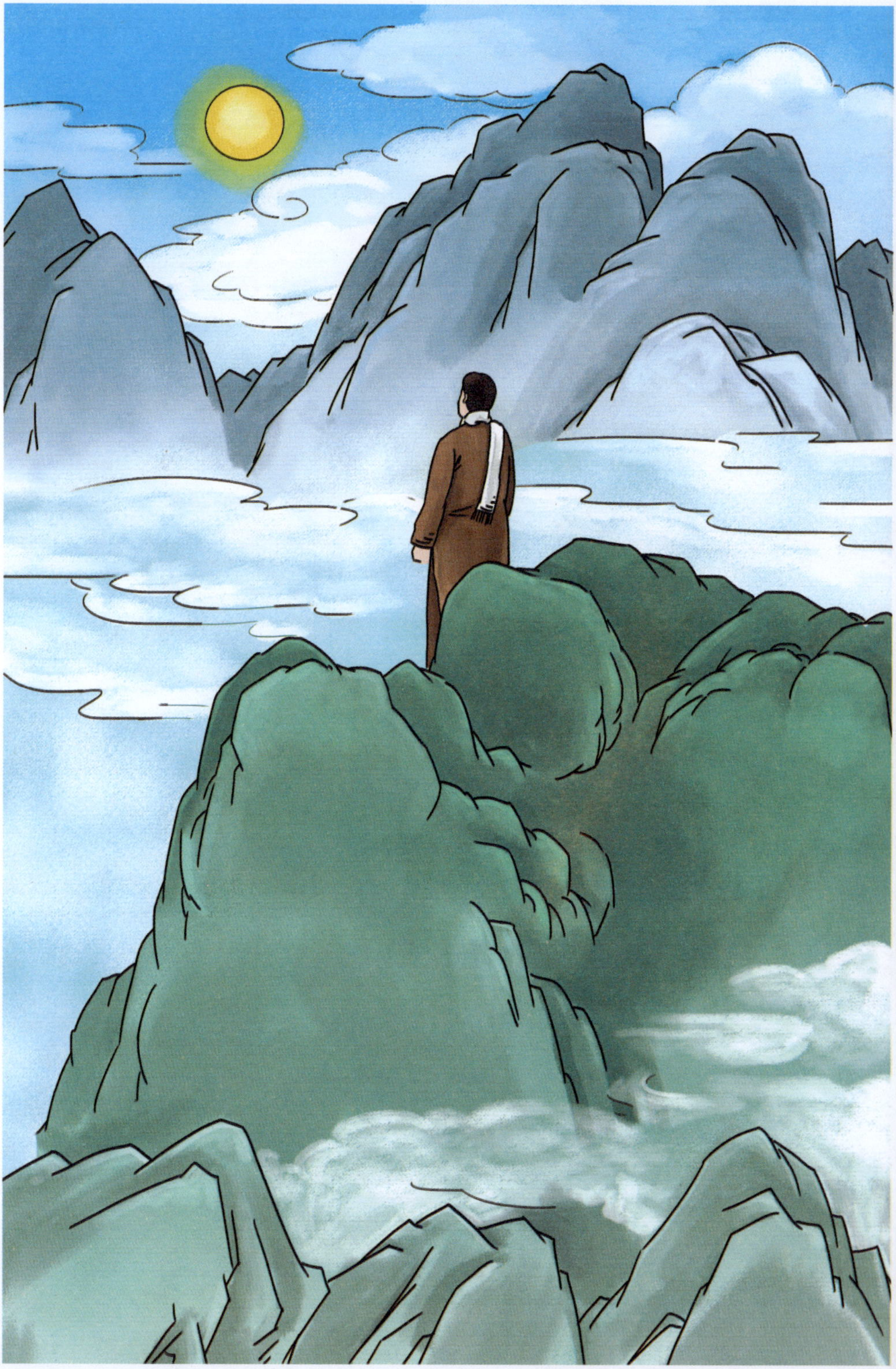

序言

XUYAN
名家名著阅读课程化丛书

歌德曾说："读一本好书，就是和一位高尚的人谈话。"世界文学名著是人类文化的精华，是文学巨匠、思想巨擘的智慧结晶，是我们生命中不可或缺的精神食粮。

名著犹如一面镜子，既能照出人的本质，又能照出世间的美丑。名著根源于现实生活，名著中的人就是对现实中的人的再塑造，名著中所描摹的人性的善恶美丑就是对现实中人性的真实反映，名著中所建构的世界就是真实世界的缩影。因此，我们阅读名著，要在名著中阅读自己、阅读世界。走进名著，尽情阅读吧！它会让你发现自己，辨识自己身上的优点、缺点，从而摆脱平庸与狭隘，使自己的人格得到升华；它会让你练就一双智慧之眼，分清是非，辨别美丑，学会用正确的心态看待大千世界；它能培养你的审美观，充实你的思想，使你成为一个通情达理、个性健康、感情充沛、情趣高尚的人。

中小学生正处于身心发展的关键阶段，尤其需要名著的滋养。为此，我们根据中小学生的学习和认知特点，从中外文坛难以计数的文学作品中采撷精华，编选了这套丛书。这套丛书包括小说、诗歌、散文等多种体裁的作品，这些作品或是指引时代的航标，或是传承千年的箴言，或是激荡人心的妙笔，春风细雨般滋润着每一个小读者的心田。

另外，我们精心设置了"名师导读""名师点评""词语在线"等栏目，以此为同学们搭建一架通往文学世界的桥梁，从而轻松感受经典名著不朽的艺术魅力。

为保持原著原貌，丛书不按现在的规范标准更改原著文字与标点符号。

阅读速递

作品概述

　　徐志摩是一个追求唯美的诗人和散文家。他的散文作品富有韵味，善于用各种修辞技巧来抒发情感，营造出优美、浪漫的意境。本书精心选择了徐志摩富有代表性的散文作品，引领读者尽情领略他的作品中的独特的艺术魅力。

　　《翡冷翠山居闲话》是一篇富有田园牧歌情调的随笔散文，文字清新优美，想象丰富，具有鲜明的艺术性。作者通过描绘意大利佛罗伦萨的山中美景，讴歌了大自然的美妙。

　　《我所知道的康桥》是作者对曾经求学的剑桥大学的回忆，那里的坝筑、水流、晚钟都引起他深深的怀念。作者在文中处处倾注着思念，字里行间满溢柔情。虽然这是一篇散文，却仿佛是一首好诗。

　　《曼殊斐尔》讲述的是作者和英国女作家曼斯菲尔德相见的曲折经历。在徐志摩眼里，曼斯菲尔德才华过人、容貌美丽，遗憾的是其体弱多病，这让作者赞叹之余又非常伤感。

　　徐志摩是中国现代诗人、散文家,"新月派"的代表诗人之一,曾任南京大学、北京大学等名校教授,对中国新诗的发展起到了重要的推动作用。他的代表作有诗歌《再别康桥》《沙扬娜拉》《偶然》,散文《翡冷翠山居闲话》《我所知道的康桥》《自剖》等。

　　1897 年 1 月 15 日,徐志摩出生在浙江省海宁县硖石镇的一个富商家庭。父亲徐申如是著名实业家,表叔沈钧儒是民主革命家,表弟金庸是武侠小说作家。徐志摩从小生活优裕,但学习非常刻苦。

　　1910 年,徐志摩考入杭州府中学堂,作家郁达夫和教育家厉麟似是他的同学。

　　1915 年,徐志摩考入上海浸会大学(沪江大学前身,今上海理工大学),很快转到天津的北洋大学(今天津大学)攻读法科,后因法科并入北京大学,他就随之到北大读书。这一时期他结识了很多名流,并拜梁启超为师。

　　1918 年,徐志摩赴美国学习社会学、经济学、历史学,还获得了文学硕士学位。

　　1920 年,徐志摩来到英国,结识了政治家、教育家林长民和他的女儿林徽因,随后进入剑桥大学皇家学院,在校期间开始创作新诗。

　　1922 年,徐志摩回国,第二年受印度诗人泰戈尔诗集《新月集》

的影响，创办了文学社团"新月社"；同年，加入了文学研究会。

1924 年，徐志摩与胡适等创办周刊《现代诗评》，被聘为北京大学教授，还和林徽因一起成为泰戈尔访华期间的随行翻译。

1926 年，徐志摩担任《晨报》副刊《诗镌》的主编，与一大批诗人共同致力于新诗的探讨和创作。同年，徐志摩移居上海，任光华大学（后并入华东师范大学）、大夏大学（后并入华东师范大学）和南京中央大学（今南京大学）教授，并创办了《新月》杂志。

1931 年，徐志摩搭乘邮政飞机由南京飞往北京，途经济南时飞机失事，徐志摩和两位机师不幸罹难。

艺术特色

徐志摩的散文有着鲜明的"诗化"色彩，有着独特的韵味。作为抒情散文的代表，徐志摩的散文具有如下艺术特色：

文笔优美，诗意盎然。

徐志摩的散文可以说是他的诗歌艺术的另一种表达，一词一句都优雅浪漫、唯美如诗，句与句之间行云流水、自然流畅，使人与美文之间产生共鸣。

修辞手法运用巧妙。

徐志摩对多种修辞手法都能信手拈来，排比、比喻、拟人、反复、象征、对比……这些手法的妙用，增大了散文的情感波动幅度，有着扣人心弦的艺术感染力。

情感真挚。

徐志摩生性敏感、浪漫，他的散文情深意浓、细腻真切，无论是爱的忧愁、思念的惆怅，还是愤慨的倾泻、内心的矛盾，都能通过其时而恣肆、时而张狂、时而戏谑的语言淋漓尽致、毫不隐讳地展现出来。

人物写真

▶ 林宗孟（1876—1925）

即林长民，"宗孟"是他的字，是一代才女林徽因的父亲，曾赴日本留学，主要学习政治、法律；是著名的政治家、外交家；一生致力于近代中国的立法事业；曾与蔡元培、王宠惠一同参与草拟《中华民国临时约法》，著有《铁路统一问题》一书。1920年，林长民赴欧洲游历时与徐志摩相识，结下了深厚友谊。

▶ 泰戈尔（1861—1941）

印度著名诗人、文学家、哲学家、民族主义者，1913年成为亚洲第一位诺贝尔文学奖获得者。其代表作有诗集《吉檀迦利》《飞鸟集》《新月集》，长篇小说《戈拉》《圣王》等。泰戈尔1924年访问中国，其间与徐志摩结下了深厚友谊。

▶曼殊斐尔（1888—1923）

即新西兰裔英国女性小说家凯瑟琳·曼斯菲尔德。她创作了一系列短篇小说，塑造了很多女性形象。其作品表达了资本主义压迫下女性的压抑和坎坷，给女权解放提出了一条文学解救之道。徐志摩在英国期间，曾与病中的曼斯菲尔德有过一面之缘并留下了深刻的印象，写下了著名散文《曼殊斐尔》。曼斯菲尔德病逝后，徐志摩创作了诗歌《哀曼殊斐尔》，后又翻译了《英国曼殊斐尔小说集》。

▶祖母

即徐志摩的祖母，其勤劳果敢、毕生操劳，"像是做了长期的苦工"，她对子孙非常疼爱。徐志摩对祖母的死哀恸不已，同时也因祖母的灵魂得到安息而欣慰，表现了他对祖母的敬爱与怀念。

目录

MuLu

名家名著阅读课程化丛书·徐志摩散文选

翡冷翠山居闲话…………………………… 1

我所知道的康桥…………………………… 7

欧游漫录——西伯利亚游记……………… 26

印度洋上的秋思…………………………… 45

泰山日出…………………………………… 56

曼殊斐尔…………………………………… 62

济慈的夜莺歌……………………………… 86

海滩上种花………………………………… 105

我的祖母之死……………………………… 117

自　剖……………………………………… 141

翡冷翠山居闲话

名师导读

　　"翡冷翠"是徐志摩对意大利文化名城佛罗伦萨的诗意的译名。当时，他正进行着长达五个月的欧洲旅行。到达翡冷翠后，他立即被这里的自然美景和人文气息所吸引，于是选择了一个山中的住所，尽情享受翡冷翠山中的美丽和自由。在徐志摩眼中，翡冷翠有着怎样的魅力呢？

　　在这里出门散步去，上山或是下山，在一个晴好的五月的向晚，正像是去赴一个美的宴会，比如去一个果子园，那边每株树上都是满挂着诗情最秀逸的果实，假如你单是站着看还不满意时，只要你一伸手就可以采取，可以恣尝鲜味，足够你性灵的迷醉。阳光正好暖和，决不过暖；风息是温驯的，而且往往因为他是从繁花的山林里吹度过来，他带

词语在线

澹香：恬静安然的香味。

来一股幽远的澹（dàn）香，连着一息滋润的水气，摩挲着你的颜面，轻绕着你的肩腰，就这单纯的呼吸已是无穷的愉快；空气总是明净的，近谷内不生烟，远山上不起霭，那美秀风景的全部正像画片似的展露在你的眼前，供你闲暇的鉴赏。

作客山中的妙处，尤在你永不须踌躇你的服色与体态；你不妨摇曳着一头的蓬草，不妨纵容你满腮的苔藓；你爱穿什么就穿什么；扮一个牧童，扮一个渔翁，装一个农夫，装一个走江湖的桀卜闪，装一个猎户；你再不必提心整理你的领结，你尽可以不用领结，给你的颈根与胸膛一半日的自由，你可以拿一条这边艳色的长巾包在你的头上，学一个太平军的头目，或是拜伦那埃及装的姿态；但最要紧的是穿上你最旧的旧鞋，别管他模样不佳，他们是顶可爱的好友，他们承着你的体重却不叫你记起你还有一双脚在你的底下。

名师点评

这里的"桀卜闪"即吉卜赛人。这句话中作者采用排比的手法介绍了一些可以亲近自然的装扮。

这样的玩顶好是不要约伴，我竟想严格的取缔，只许你独身；因为有了伴多少总得叫你分心，尤其是年轻的女伴，那是最危险最专制不过的旅伴，你应得躲避她像你躲避青草里一条美丽的花蛇！平常我们从自己家里走到朋友的家里。或是我们执事的地方，那无非是在同一个大牢里从一间狱室移到另一间狱室去，拘束永远跟着我们，自由永远寻不到我们；但在这春夏间美秀的山中或乡间你要是有机会独身闲逛时，那才是你福星高照的时候，那才是你实际领受，亲口尝味，自由与自在的时候，那才是你肉体与灵魂行动一致的时候；朋友们，我们多长一岁年纪往往只是加重我们头上的枷，加紧我们脚胫上的链，我们见小孩子在草里在沙堆里在浅水里打滚作乐，或是看见小猫追他自己的尾巴，何尝没有羡慕的时候，但我们的枷，我们的链永远是制定我们行动的上司！**所以只有你单身奔赴大自然的怀抱时，像一个裸体的小孩扑入他母亲的怀抱时，你才知道灵魂的愉快是怎样的，单就活着的快乐是怎样的，单就呼吸单就走道单就张眼看耸耳听的幸福是怎样的。**因此你得严格的为己，极端的自私，只许你，体魄与性灵，与自然同在一个脉搏里跳动，同在一个音波里起伏，同在一个神奇的宇宙里自得。我们浑朴的天真是像含羞草似的娇柔，一经同伴的抵触，他就卷了起来，但在澄静的日光下，和风中，他的姿态是自然的，他的生活是无阻碍的。

名师点评

这里提出这篇文章的中心论点：只有获得自由，人才能享受到真正的快乐和幸福。

你一个人漫游的时候，你就会在青草里坐地仰卧，甚至有时打滚，因为草的和暖的颜色自然的唤起你童稚的活泼；在静僻的道上你就会不自主的狂舞，看着你自己的身影幻出种种诡异的变相，因为道旁树木的阴影在他们于＜纤＞徐的婆娑（suō）里暗示你舞蹈的快乐；你也会得信口的歌唱，偶尔记起断片的音调，与你自己随口的小曲，因为树林中的莺燕告诉你春光是应得赞美的；更不必说你的胸襟自然会跟着曼长的山径开拓，你的心地会看着澄蓝的天空静定，你的思想和着山壑间的水声，山罅（xià）里的泉响，有时一澄到底的清澈，有时激起成章的波动，流，流，流入凉爽的橄榄林中，流入妩媚的阿诺河去……

并且你不但不须应伴，每逢这样的游行，你也不必带书。书是理想的伴侣，但你应得带书，是在火车上，在你住处的客室里，不是在你独身漫步的时候。什么伟大的深沉的鼓舞的清明的优美的思想的根源不是可以在风籁中，云彩里，山势与地形的起伏里，花草的颜色与香息里寻得？自然是最伟大的一部书，葛德说，在他每一页的字句里我们读得最深奥的消息，并且这书上的文字是人人懂得

📝 词语在线

婆娑：枝叶扶疏的样子。

罅：缝隙。

的；阿尔帕斯与五老峰，雪西里与普陀山，莱茵河与扬子江，梨梦湖与西子湖，建兰与琼花，杭州西溪的芦雪与威尼市夕照的红潮，百灵与夜莺，更不提一般黄的黄麦，一般紫的紫藤，一般青的青草同在大地上生长，同在和风中波动——他们应用的符号是永远一致的，他们的意义是永远明显的，只要你自己性灵上不长疮瘢，眼不盲，耳不塞，这无形迹的最高等教育便永远是你的名分，这不取费的最珍贵的补剂便永远供你的受用；只要你认识了这一部书，你在这世界上寂寞时便不寂寞，穷困时不穷困，苦恼时有安慰，挫折时有鼓励，软弱时有督责，迷失时有南针。

十四年七月

（本文原载于 1925 年 7 月 4 日《现代评论》第 2 卷第 30 期）

名师点评

这里运用排比和比喻的手法，阐述了大自然这部书带给人的教益和鼓励，让人印象深刻。

品读赏析

在美丽的佛罗伦萨的山中，作者享受到的不仅是天堂般的美景，还有身体和思想上的自由。这让他浮想联翩：在如此美丽的大自然中，人并不需要旅伴，也不用带书，只需要无拘无束地阅读大自然这部大书就够了。这篇悠闲纡徐、从容自适的"诗化"散文，带给我们的是优雅、闲适的阅读感受。

写作积累 XIEZUO JILEI

摩挲　踌躇　福星高照　婆娑

·空气总是明净的，近谷内不生烟，远山上不起霭，那美秀风景的全部正像画片似的展露在你的眼前,供你闲暇的鉴赏。

·朋友们，我们多长一岁年纪往往只是加重我们头上的枷，加紧我们脚胫上的链，我们见小孩子在草里在沙堆里在浅水里打滚作乐，或是看见小猫追他自己的尾巴，何尝没有羡慕的时候，但我们的枷，我们的链永远是制定我们行动的上司！

·只要你认识了这一部书，你在这世界上寂寞时便不寂寞，穷困时不穷困，苦恼时有安慰，挫折时有鼓励，软弱时有督责，迷失时有南针。

思考练习

1.作者为什么认为做客山中时不要约伴？
2.作者认为自然这部书能给予我们什么？

我所知道的康桥

•••• 名师导读 ••••

　　徐志摩留学英国期间，就读的是剑桥大学，旧译康桥大学。那个美丽而又富有学术精神的校园，给徐志摩留下了深刻印象。更为重要的是，在进入康桥之前，徐志摩的生命里根本没有诗歌，他宣称"我的眼是康桥教我睁的"。那么，徐志摩为何如此留恋康桥呢？

一

　　我这一生的周折，大都寻得出感情的线索。不论别的，单说求学。我到英国是为要从罗素。罗素来中国时，我已经在美国。他那不确的死耗传到的时候，我真的出眼泪不够，还做悼诗来了。他没有死，我自然高兴。我摆脱了哥伦比亚大博士衔的引

名师点评

徐志摩把罗素比作法国启蒙思想家福禄泰尔（即伏尔泰），没想到此时罗素已被解除了 Trinity College 的 fellowship（即剑桥大学三一学院的评员资格）。无缘再受罗素教诲，徐志摩感到非常遗憾。

诱，买船票过大西洋，想跟这位二十世纪的福禄泰尔认真念一点书去，谁知一到英国才知道事情变样了：一为他在战时主张和平，二为他离婚，罗素叫康桥给除名了，他原来是 Trinity College 的 fellow，这来他的 fellowship 也给取消了。他回英国后就在伦敦住下，夫妻两人卖文章过日子。因此我也不曾遂我从学的始愿。我在伦敦政治经济学院里混了半年，正感着闷想换路走的时候，我认识了狄更生先生。狄更生——Galsworthy Lowes Dickinson——是一个有名的作者，他的《一个中国人通信》（Letters from John Chinaman）与《一个现代聚餐谈话》（A Modern Symposium）两本小册子早得了我的景仰。我第一次会着他是在伦敦国际联盟协会席上，那天林宗孟先生演说，他做主席；第二次是宗孟寓里吃茶，有他。以后我常到他家里去。他看出我的烦闷，劝我到康桥去，他自己是王家学院（King's College）的 fellow。我就写信去问两个学院，回信都说学额早满了，随后还是狄更生先生替我去在他的学院里说好了，给我一个特别生的资格，随意选科听讲。从此黑方巾黑披袍的风光也被我占着了。

词语在线

"黑方巾""黑披袍"：即剑桥本科生在正式场合穿的学士服。

初起我在离康桥六英里的乡下叫沙士顿地方租了几间小屋住下，同居的有我从前的夫人张幼仪女士与郭虞裳君。每天一早我坐街车（有时自行车）上学，到晚回家。这样的生活过了一个春，但我在康桥还只是个陌生人，谁都不认识，康桥的生活，可以说完全不曾尝着，我知道的只是一个图书馆，几个课室，和三两个吃便宜饭的茶食铺子。狄更生常在伦敦或是大陆上，所以也不常见他。那年的秋季我一个人回到康桥，整整有一学年，那时我才有机会接近真正的康桥生活，同时我也慢慢的"发现"了康桥。我不曾知道过更大的愉快。

二

"单独"是一个耐寻味的现象。我有时想它是任何发现的第一个条件。你要发现你的朋友的"真"，你得有与他单独的机会。你要发现你自己的真，你得给你自己一个单独的机会。你要发现一个地方（地方一样有灵性），你也得有单独玩的机会。我们这一辈子，认真说，能认识几个人？能认识几个地方？我们都是太匆忙，太没有单独的机会。说实话，我连我的本乡都没有什么了解。康桥我要算是有相当交情的，再次许只有新认识的翡冷翠了。阿，那些清晨，那些黄昏，我一个人发痴似的在康桥！绝对的单独。

但一个人要写他最心爱的对象，不论是人是地，是多么使他为难的一个工作？你怕，你怕描坏了它，你怕说过分了恼了它，你怕说太谨慎了辜负了它。我现在想写康桥，也正是这样的心理，我不曾写，我就知道这回是写不好的——况且又是临时逼出来的事情。但我却不能不写，上期预告已经出去了。我想勉强分两节写，一是我所知道的康桥的天然景色，一是我所知道的康桥的学生生活。我今晚只能极简的写些，等以后有兴会时再补。

<h2 style="text-align:center">三</h2>

康桥的灵性全在一条河上；康河，我敢说，是全世界最秀丽的一条水。河的名字是葛兰大（Granta），也有叫康河（River Cam）的，许有上下

流的区别，我不甚清楚。河身多的是曲折，上游是有名的拜伦潭——"Byron's Pool"——当年拜伦常在那里玩的；有一个老村子叫格兰骞斯德，有一个果子园，你可以躺在累累的桃李树荫下吃茶，花果会吊入你的茶杯，小雀子会到你桌上来啄食，那真是别有一番天地。这是上游；下游是从骞斯德顿下去，河面展开，那是春夏间竞舟的场所。上下河分界处有一个坝筑，水流急得很，在星光下听水声，听近村晚钟声，听河畔倦牛刍草声，是我康桥经验中最神秘的一种：大自然的优美，宁静，调谐在这星光与波光的默契中不期然的淹入了你的性灵。

但康河的精华是在它的中流，著名的"Backs"，这两岸是几个最蜚声的学院的建筑。从上面下来是Pembroke，St. Katharine's，King's，Clare，Trinity，St. John's。最令人留连的一节是克莱亚与王家学院的毗（pí）连处，克莱亚的秀丽紧邻着王家教堂（King's Chapel）的宏伟。别的地方尽有更美更庄严的建筑，例如巴黎赛因河的罗浮宫一带，威尼斯的利阿尔多大桥的两岸，翡冷翠维基乌大桥的周遭；但康桥的"Backs"自有它的特长，这不容易用一二个状词来概括，它那脱尽尘埃气的一种清澈秀逸的意境可说是超出了画图而化生了音乐的神味。再没有比这一群建筑更调谐更匀称的了！论画，可比的许只有柯罗（Corot）的田野；论音乐，可比的许只有萧班（Chopin）的夜曲。就这也不能给你依稀的印象，它给你的美感简直是神灵性的一种。

假如你站在王家学院桥边的那棵大椈树荫下眺望，右侧面，隔着一大方浅草坪，是我们的校友居（Fellows Building），那年代并不早，但它的妩媚也是不可掩的，它那苍白的石壁上春夏间满缀着艳色的蔷薇在和风中摇颤；更移左是那教堂，森林似的尖阁不可浼（měi）的永远直指着天空；更左是克莱亚，阿！那不可信的玲珑的方庭，谁说这不是圣克莱亚（St. Clare）的化身，那一块石上不闪耀着她当年圣洁的精神？在克莱亚后背隐约可辨的是康桥最潇贵最骄纵的三清学院（Trinity），它那临河的图书楼上坐镇着拜伦神采惊人的雕像。

但这时你的注意早已叫克莱亚的三环洞桥魔术似的摄住。你见过西湖白堤上的西泠断桥不是（可怜它们早已叫代表近代丑恶精神的汽车公司给踩平

浼：污染。

了，现在它们跟着苍凉的雷峰永远辞别了人间）？你忘不了那桥上斑驳的苍苔，木栅的古色，与那桥拱下泄露的湖光与山色不是？克莱亚并没有那样体面的衬托，它也不比庐山栖贤寺旁的观音桥，上瞰五老的奇峰，下临深潭与飞瀑；它只是怯怜怜的一座三环洞的小桥，它那桥洞间也只掩映着细纹的波鱗与婆娑的树影，它那桥上栉比的小穿阑与阑节顶上双双的白石球，也只是村姑子头上不夸张的香草与野花一类的装饰；但你凝神的看着，更凝神的看着，你再反省你的心境，看还有一丝屑的俗念沾滞不？只要你审美的本能不曾泯灭时，这是你的机会实现纯粹美感的神奇！

📝 词语在线

斑驳：一种颜色中杂有别种颜色，花花搭搭的。

但你还得选你赏鉴的时辰。英国的天时与气候是走极端的。冬天是荒谬的坏，逢着连绵的雾盲天你一定不迟疑的甘愿进地狱本身去试试；春天（英国是几乎没有夏天的）是更荒谬的可爱，尤其是它那四五月间最渐缓最艳丽的黄昏，那才真是寸寸黄金。在康河边上过一个黄昏是一服灵魂的补剂。阿！我那时蜜甜的单独，那时蜜甜的闲暇。一晚又一晚的，只见我出神似的倚在桥阑上向西天凝望——

看一回凝静的桥影，

数一数螺细的波纹，

我倚暖了石阑的青苔，

青苔凉透了我的心坎……

还有几句更笨重的怎能仿佛那游丝似轻妙的情景：

难忘七月的黄昏，远树凝寂，

像墨泼的山形，衬出轻柔暝色，

密稠稠，七分鹅黄，三分橘绿，

那妙意只可去秋梦边缘捕捉……

四

这河身的两岸都是四季常青最葱翠的草坪。从校友居的楼上望去，对岸草场上，不论早晚，永远有十数匹黄牛与白马，胫蹄没在恣蔓的草丛中，纵容的在咬嚼，星星的黄花在风中动荡，应和着它们尾鬃的扫拂。桥的两端有斜倚的垂柳与槐荫护住。<u>水是澈底的清澄，深不足四尺，匀匀的长着长条的水草。这岸边的草坪又是我的爱宠，在清朝，在傍晚，我常去这天然的织锦上坐地，有时读书，有时看水，有时仰卧着看天空的行云，有时反仆着搂抱大地的温软。</u>

但河上的风流还不止两岸的秀丽。你得买船去玩。船不止一种：有普通的双桨划船，有轻快的薄皮舟（Canoe），有最别致的长形撑篙船（Punt）。最末的一种是别处不常有的：约莫有二丈长，三尺宽，你站直在船梢上用长竿撑着走的。这撑是一种技术。我手脚太蠢，始终不曾学会，你初起手尝试时，容易把船身横住在河中，东颠西撞的狼狈。英国人是不轻易开口笑人的，但是小心他们不出声的皱眉！也不知有多少次河中本来优闲的秩序叫我这莽撞的外行给捣乱了。我真的始终不曾学会；每回我不服输跑去租船再试的时候，有一个白胡子的船家往往带讥讽的对我说："先生，这撑船费劲，天热累人，还是拿个薄皮舟溜溜吧！"我那里肯听话，长篙子一点就把船撑了开去，结果还是把河身一段

段的腰斩了去。

你站在桥上去看人家撑，那多不费劲，多美！尤其在礼拜天有几个专家的女郎，穿一身缟（gǎo）素衣服，裙裾在风前悠悠的飘着，戴一顶宽边的薄纱帽，帽影在水草间颤动，你看她们出桥洞时的姿态，捻起一根竟像没分量的长竿，只轻轻的，不经心的往波心里一点，身子微微的一蹲，这船身便波的转出了桥影，翠条鱼似的向前滑了去。她们那敏捷，那闲暇，那轻盈，真是值得歌咏的。

在初夏阳光渐暖时你去买一支小船，划去桥边荫下躺着念你的书或是做你的梦，槐花香在水面上飘浮，鱼群的唼喋声在你的耳边挑逗。或是在初秋的黄昏，近着新月的寒光，望上流僻静处远去。爱热闹的少年们携着他们的女友，在船沿上支着双双的东洋彩纸灯，带着话匣子，船心里用软垫铺着，也开向无人迹处去享他们的野福——谁不爱听那水底翻的音乐在静定的河上描写梦意与春光！

住惯城市的人不易知道季候的变迁。看见叶子掉知道是秋，看见叶子绿知道是春；天冷了装炉子，天热了拆炉子；脱下棉袍，换上夹袍，脱下夹袍，穿上单袍：不过如此罢了。天上星斗的消息，地下泥土里的消息，空中风吹的消息，都不关我们的事。忙着哪，这样那样事情多着，谁耐烦管星星的移转，花草的消长，风云的变幻？同时我们抱怨我们的生活，苦痛，烦闷，拘束，枯燥，谁肯承认做人是快乐？谁不多少间咒诅人生？

但不满意的生活大都是由于自取的。我是一个生命的信仰者，我信生活决不是我们大多数人仅仅从自身经验推得的那样暗惨。我们的病根是在"忘本"。人是自然的产儿，就比枝头的花与鸟是自然的产儿；但我们不幸是文明人，入世深似一天，离自然远似一天。离开了泥土的花草，离开了水的鱼，能快活吗？能生存吗？从大自然，我们取得我们的生命；从大自然，我们应分取得我们继续的滋养。那一株婆娑的大木没有盘错的根柢深入在无尽藏的地里？我们是永远不能独立的。有幸福是永远不离母亲抚育的孩子，有健康是永远接近自然的人们。不必一定与鹿豕游，不必一定回"洞府"去；为医治我们当前生活的枯窘，只要"不完全遗忘自然"，一张轻淡的药方我们的病象就有缓和的希望。

名师点评

作者阐述了一种自然观：人是自然的产儿，应该继续从自然中汲取滋养，与自然和谐相处。

在青草里打几个滚，到海水里洗几次浴，到高处去看几次朝霞与晚照——你肩背上的负担就会轻松了去的。

这是极肤浅的道理，当然。但我要没有过遇康桥的日子，我就不会有这样的自信。我这一辈子就只那一春，说也可怜，算是不曾虚度。就只那一春，我的生活是自然的，是真愉快的！（虽则碰巧那也是我最感受人生痛苦的时期。）我那时有的是闲暇，有的是自由，有的是绝对单独的机会。说也奇怪，竟像是第一次，我辨认了星月的光明，草的青，花的香，流水的殷勤。我能忘记那初春的睥（pì）睨（nì）吗？曾经有多少个清晨我独自冒着冷去薄霜铺地的林子里闲步——为听鸟语，为盼朝阳，为寻泥土里渐次苏醒的花草，为体会最微细最神妙的春信。阿，那是新来的画眉在那边调不尽的青枝上试它的新声！阿，这是第一朵小雪球花挣出了半冻的地面！阿，这不是新来的潮润沾上了寂寞的柳条？

静极了，这朝来水溶溶的大道，只远处牛奶车的铃声，点缀这周遭的沉默。顺着这大道走去，走到尽头，再转入林子里的小径，往烟雾浓密处走去，头顶是交枝的榆荫，透露着漠楞楞的曙色；再往前走去，走尽这林子，当前是平坦的原野，望见了村舍，初青的麦田，更远三两个馒形的小山掩住了一条通道。天边是雾茫茫的，尖尖的黑影是近村的教寺。听，那晓钟和缓的清音。这一带是此邦中部的平原，地形像是海里的轻波，默沈沈的起伏；山岭是望不见的，有的是常青的草原与沃腴的田壤。登那土阜上望去，康桥只是一带茂林，拥戴着几处娉婷的尖阁。妩媚的康河也望不见踪迹，你只能循着那锦带似的林木想像那一流清浅。村舍与树林是这地盘上的棋子，有村舍处有佳荫，有佳荫处有村舍。这早起是看炊烟的时辰：朝雾渐渐的升起，揭开了这灰苍苍的天幕（最好是微霰（xiàn）后的光景），远近的炊烟，成丝的，成缕的，成卷的，轻快的，迟重的，浓灰的，淡青的，惨白的，在静定的朝气里渐渐的上腾，渐渐的不见，仿佛是朝来人们的祈祷，参差的羼入了天听。朝阳是难得见的，这初春的天气。但它来时是起早人莫大的愉快。顷刻间这田野添深了颜色，一层轻纱似的金粉糁上了这草，这树，这通道，这庄舍。顷刻间这周遭弥漫了清晨富丽的温柔。顷刻间你的心怀也分润了白天诞生的光荣。"春！"这胜利的晴空仿佛在你的耳边私语。"春！"你那快活的灵魂也仿佛在那里回响。

……

伺候着河上的风光，这春来一天有一天的消息。关心石上的苔痕，关心败草里的花鲜，关心这水流的缓急，关心水草的滋长，关心天上的云霞，关心新来的鸟语。怯怜怜的小雪球是探春信的小使。铃兰与香草是欢喜的初声。窈宛的莲馨，玲珑的石水仙，爱热闹的克罗克斯，耐辛苦的蒲公英与雏菊——这时候春光已是烂漫在人间，更不须殷勤问讯。

📝 **名师点评**

作者用生动的语言描绘了春天一步步到来的景象，读者从中可以窥见春天的勃勃生机。

瑰丽的春放。这是你野游的时期。可爱的路政，这里不比中国，那一处不是坦荡荡的大道？徒步是一个愉快，但骑自转车是一个更大的愉快。在康桥骑车是普遍的技术；妇人，稚子，老翁，一致享受这双轮舞的快乐。（在康桥听说自转车是不怕人偷的，就为人人都自己有车，没人要偷。）任你选一个方向，任你上一条通道，顺着这带草味的和风，放轮远去，保管你这半天的逍遥是你性灵的补剂。这道上有的是清荫与美草，随地都可以供你休憩。你如爱花，这里多的是锦绣似的草原。你如爱鸟，这里多的是巧啭（zhuàn）的鸣禽。你如爱儿童，这乡间到处是可亲的稚子。你如爱人情，这里多的是不嫌远客的乡人，你到处可以"挂单"借宿，有酪浆与嫩薯供你饱餐，有夺目的果鲜恣你尝新。你如爱酒，这乡间每"望"都为你储有上好的新酿，黑啤如太浓，苹果酒、姜酒都是供你解渴润肺的。……带一卷书，走十里路，选一块清静地，看天，听鸟，读书，倦了时，和身在草绵绵处寻梦去——你能想像更适情更适性的消遣吗？

陆放翁有一联诗句："传呼快马迎新月，却上轻舆趁晚凉。"这是做地方官的风流。我在康桥时虽没马骑，没轿子坐，却也有我的风流：我常常在夕阳西晒时骑了车迎着天边扁大的日头直追。日头是追不到的，我没有夸父的荒诞，但晚景的温存却被我这样偷尝了不少。有三两幅书画似的经验至今还是栩栩的留着。只说看夕阳，我们平常只知道登山或是临海，但实际只须辽阔的天际，平地上的晚霞有时也是一样的神奇。有一次我赶到一个地方，手把着一家村庄的篱笆，隔着一大田的麦浪，看西天的变幻。有一次是正冲着一条宽广的大道，过来一大群羊，放草归来的，偌大的太阳在它们后背放射着万缕的金辉，天上却是乌青青的，只剩这不可逼视的威光中的一条大路，一群生物！我心头顿时感着神异性的压迫，我真的跪下了，对着这冉冉渐翳的金光。再有一次是更不可忘的奇景，那是临着一大片望不到头的草原，满开着艳红的罂粟，在青草里亭亭的像是万盏的金灯。阳光从褐色云里斜着过来，幻成一种异样的紫色，透明似的不可逼视，霎那间在我迷眩了的视觉中，这草田变成了……不说也罢，说来你们也是不信的！

一别二年多了，康桥，谁知我这思乡的隐忧？也不想别的，我只要那晚钟撼动的黄昏，没遮拦的田野，独自斜倚在软草里，看第一个大星在天边出现！

十五年一月十五日

（原载于 1926 年 1 月 16—25 日《晨报副刊》）

品读赏析

"轻轻的我走了，正如我轻轻的来；我轻轻的招手，作别西天的云彩。"徐志摩归国后始终在思念康桥，甚至说"我这辈子就只那一春"。这篇散文，正是徐志摩在康桥生活的见证，让我们领略到他在康桥两年中的迷醉的生活，进而懂得他为何对康桥魂牵梦萦。

写作积累 XIEZUO JILEI

毗连 斑驳 睥睨 窈窕 不可逼视

·我们这一辈子，认真说，能认识几个人？能认识几个地方？我们都是太匆忙，太没有单独的机会。

·在星光下听水声，听近村晚钟声，听河畔倦牛刍草声，是我康桥经验中最神秘的一种：大自然的优美，宁静，调谐在这星光与波光的默契中不期然的淹入了你的性灵。

·桥的两端有斜倚的垂柳与椈荫护住。水是澈底的清澄，深不足四尺，匀匀的长着长条的水草。

·我们的病根是在"忘本"。人是自然的产儿，就比枝头的花与鸟是自然的产儿；但我们不幸是文明人，入世深似一天，离自然远似一天。

思考练习

1. 作者介绍了康桥的哪些美景？

2. 作者为何把思念康桥称为"思乡的隐忧"？

欧游漫录——西伯利亚游记

名师导读

　　1925 年，徐志摩游访了莫斯科和西伯利亚，这篇文章记录了他的所观所感。在开篇，作者先是解释了迟迟不给朋友们写信的原因，因为在他眼中，这趟旅行是平淡无奇的。那么，徐志摩究竟都去了哪些地方，又有着怎样的观感呢？

一　开篇

　　你答应了一件事，你的心里就打上了一个结，这个结一天不解开，你的事情一天不完结，你就一天不得舒服，"不做中人不做保，一世无烦恼"，就是这个意思。谁叫我这回出来，答应了人家通讯？在西伯利亚道上我记得曾经发出过一封，但此后，约莫有个半月了，一字都不曾寄去，债是愈积愈

词语在线

通讯：翔实而生动地报道客观事物或典型人物的文章。

不容易清呢，我每天每晚撳住了心里的那个结对自己说。同时我知道国内一部分的朋友也一定觉着诧异，他们一定说："你看出门人没有靠得住的，他临走的时候答应得多好，说一定随时有信来报告行踪，现在两个月都快满了，他那里一个字都不曾寄来！"

但是朋友们，你们得知道我并不是存心叫你们失望的：我至今不写信的缘故决不完全是懒，虽则懒是到处少不了有他的分。当然更不是为无话可说，上帝不许！过了这许多逍遥的日子还来抱怨生活平凡。<u>话多的很，岂止有，难处就在积满了这一肚子的话，从那里说起才是，这是一层；还有一个难处，在我看来更费踌躇，是这番话应该怎么说法？</u>假如我是一个干脆的报馆访事员，他唯一的金科是有闻必录，那倒好办，只要把你一双耳朵每天收拾干净，出门不要忘了带走，轻易不许他打盹，同时一手拿着记事册，一手拿着"永远尖"，外来的新闻交给耳朵，耳朵交给手，手交给笔，笔交给纸，这不就完事了不是？可惜我没有做访事的天赋，耳朵不够长，手不够快，我又太笨，思想来得奇慢的，笔下请得到的有数几个字也都是有脾气

名师点评

作者在这里说明了自己迟迟不给朋友们写信的原因，总结为两点：一是不知从哪里说起，二是不知该怎样说。

的，只许你去凑他们的趣，休想他们来凑你的趣；否则我要是有画家的本事，见着那处风景好，或是这边人物美，立刻就可以打开本子来自描写生，那不是心灵里的最沉细最飘忽的消息，都有法子可以款留踪迹，我也不怕没有现成文章做了。

我想你们肯费工夫来看我通讯的，也不至于盼望什么时局的新闻。莫索列尼的演说，兴登堡将军做总统，法国换内阁等等，自有你们驻欧特约通信员担任，我这本记事册上纸张不够宽，恕不备载了。你们也不必期望什么出奇的事项，因为我可以私下告诉你们我这回到欧洲来并不想谋财，也不想害命，也不愿意自己的腿子叫汽车压扁或是牺牲钱包让剪绺先生得意。不，出奇也是不会得的，本来我自己是一个平淡无奇的游客，我眼内的欧洲也只是平淡无奇的几个城子；假如我有话说时，也只是在这平淡无奇的经验的范围内平淡无奇的几句话，再没有别的了。

唯其因为到处是平淡无奇，我这里下笔写的时候就格外觉得为难。假如我有机会看得见牛斗，一只穿红衣的大黄牛和一个穿红衣的骑士拼命，千万个看客围着拍掌叫好的话，我要是写下一篇"斗牛记",那不仅你们看的人合式,我写的人也容易。偏偏牛斗我看不着（听说西班牙都禁绝了）；别说牛斗,人斗都难得见着,这世界分明是个和平的世界,你从这国的客栈转运到那国的客栈见着的无非仆欧们的笑脸与笑脸的"仆欧"们——只要你小钱凑手你准看得见一路不断的笑脸。这刻板的笑脸当然不会得促动你做文章的灵机。就这意大利人,本来是出名性子暴躁轻易就会相骂的,也分明涵养好多了；你们念过 W. D. Howells' Venetian Life 的那段两位江朵蜡船家吵嘴的妙文,一定以为到此地来一定早晚听得见色彩鲜艳的骂街；但是不,我来了已经有一个多月却还一次都不曾见过暴烈的南人的例证。总之这两月来一切的事情都像是私下说通了,不叫我听到见到或是碰到一些异常的动静！同时我答应做通讯的责任并不因此豁免或是减轻；我的可恨的良心天天掀着我的肘子说："喂,赶快一点,人家等着你哪！"

寻常的游记我是不会得写的,也用不着我写,这烂熟的欧洲,又不是北冰洋的尖头或是非洲沙漠的中心,谁要你来饶舌。要我拿日记来公开我有些不愿意,叫白天离魂的鬼影到大家跟前

词语在线

W.D.Howells' Venetian Life: 即美国小说家 W.D. 霍威尔斯的小说《威尼斯生活》。

江朵蜡: 这里是指威尼斯特色交通工具——一种被通译为"贡多拉"的小船。

来出现似乎有些不妥当——并且老实说近来本子上记下的也不多。当作私人信札写又如何呢？那也是一个写法，但你心目中总得悬拟你一个相识的收信人，这又是困难，因是假如你存想你最亲密的朋友，他或是她，你就有过于啰嗦的危险，同时如其你假定的朋友太生分了，你笔下就有拘束，一样的不讨好。阿！朋友们，你们的失望是定的了。方才我开头的时候似乎多少总有几句话说给你们听，但是你们看我笔头上别扭了好半天，结果还是没有结果：<u>应得说什么，我自己不知道，应得怎么说法，我也是不知道！所以我不得不下流，不得不想法搪塞，笔头上有什么来我就往纸上写，管得选择，管得体裁，管得体面！</u>

名师点评

这几句话是作者的直言，表明作者将毫无隐讳地、大胆直白地叙述他所看到的一切。

二　自愿的充军

"谁叫你去来，这不是活该？"我听得见北京的朋友们说。我是个感情的人；老头病了，想我去，我不得不去，我就去。那时候有许多朋友都反对，他们说："老头快死了，你赶去送丧不成？趁早取销吧！至于意大利你那一个年头去不得，等着有更好的机会再去不好？"如今他们更有话说了："你看老头不是开你玩笑？他要你去，自己反倒早跑了。现在你这光棍吊空在欧洲，何苦来，赶快回家吧！"

三　离京

我往常出门总带着一只装文件的皮箱，这里面有稿本，有日记，有信件，大都多是见不得人面的。这次出门有一点特色，就是行李里出空了秘密的累赘，干脆的几件衣服几本书，谁来检查都不怕，也不知怎的生命里是有那种不可解的转变，忽然间你改变了评价的标准。原来看重的这时不看重了，原来隐讳的这时也无庸隐讳了，不但皮箱里口袋里出一个干净，连你的脑子里五脏里本来多的是古怪的复壁夹道，现在全理一个清通，像意大利麦古龙尼似的这头通到那头。这是一个痛快。做生意的馆子逢到节底总结一次帐，进出算个分明，准备下一节重新来过；我们的生命里也应得隔几时算一次总帐，赚钱也好，亏本也好，老是没头没脑的窝着堆着总不是道理。好在生意忙的时期也不长，就是中间一段交易复杂些，小孩子时代不会做买卖，老了的时候想做买卖没有人

🖋 **词语在线**

　　隐讳：有所顾忌而隐瞒不说。

要，就这约莫二十岁到四十岁的二十年间的确是麻烦的，随你怎样认真记帐总免不了<u>挂漏</u>，还有记错的隔壁帐，糊涂帐，吃着的坍帐混帐，这时候好经理真不容易做！我这回离京真是爽快，真叫是"一肩行李，两袖清风，俺就此去也！"但是不要得意，以前的帐务虽到暂时结清（那还是疑问），你店门还是开着，生意还是做着，照这样热闹的市面，怕要不了一半年，尊驾的帐目又该是一塌糊涂了！

（以上文字原载于1925年6月12日《晨报副刊》）

四　旅伴

西班牙有一个俗谚，大旨是"一人不是伴，两人正是伴，三数便成群，满四就是乱"。这旅行，尤其是长途的旅行，选伴是一桩极重要的事情。<u>我的理论，我的经验，都使我无条件的主张独游主义——是说把游历本身看做目的。同样一个地方你独身来看，与结伴来看所得的结果就不同。理想的同伴（比如你的爱妻或是爱友或是爱什么）当然有，但与其冒险不如意同伴的懊怅，不如立定主意独身走来得妥当。</u>反正

✎ **词语在线**

挂漏：挂一漏万的略语。指列举不全，遗漏很多。

✎ **名师点评**

在《翡冷翠山居闲话》一文中，徐志摩就谈到了他的这个主张；这里再次提及，可见他对独游非常坚持。

近代的旅行其实是太简单太容易了，尤其是欧洲，哑巴瞎子聋瞽傻瓜都不妨放胆去旅行，只要你认识字，会得做手势，口袋里有钱，你就不会丢。

我这次本来已经约定了同伴，那位先生高明极了，他在西伯利亚打过几年仗，红党白党（据他自己说）都是他的朋友，会说俄国话，气力又大，跟他同走一定吃不了亏。可是我心里明白，天下没有无条件的便宜，况且军官大爷不是容易伺候的，回头他发现假定的"绝对服从"有漏孔时他就对着这无抵抗的弱者发威，那可不是玩！这样一想我觉得还是独身去西伯利亚冒险，比较的不可怖些。说也巧，那位先生在路上发现他的公事还不曾了结，至少须延迟一星期动身，我就趁机会告辞，一溜烟先自跑了！

同时在车上我已经结识了两个旅伴：一位是德国人，做帽子生意的，他的脸子，他的脑袋，他的肚子都一致声明他决不是别一国人。他可没有日耳曼人往常的镇定，在他那一双闪烁的小眼睛里你可以看出他一天害怕与提防危险的时候多，自有主见的时候少。他的鼻子不消说完

名师点评

这段对德国人的描写十分有趣，作者通过外部特征来挖掘人物的性格特征，使人物更加鲜活。

全是叫啤酒与酒精熏糟了的，皮里的青筋全都纠盘的拱着活像一只霁红碎瓷的鼻烟壶。他常常替他自己发现着急的原因，不是担忧他的护照少了一种签字，便是害怕俄国人要充公他新做的衬衫。他念过他的叔本华；每次不论讲什么问题他的结句总是："倒不错，叔本华也是这么说的！"

还有一个更有趣的旅伴在车上结识的是意大利人，他也是在东方做帽子生意的。如其那位德国先生满脑子装着香肠啤酒与叔本华的，我见了不由得不起敬，这位腊丁族的朋友我简直的爱他了，我初次见他，猜他是个大学教授，第二次见他猜他是开矿的，到最后才知道他也是卖帽子给我们的。我与他谈得投机极了，他有的是谐趣，书也看得不少，见解也不平常。像这种无意中的旅伴是很难得的，我一途来不觉着寂寞就幸亏有他，我到了还与他通信。你们都见过大学眼药的广告不是？那有一点儿像我那朋友。只是他漂亮多了，他那烧胡是不往下挂的，修得顶整齐，又黑又浓又紧，骤看像是一块天鹅绒；他的眼最表示他头脑的敏锐，他的两颊是鲜杨梅似的红，益发激起他白的肤色与漆黑的发。

词语在线

Don Quix-
ote: 即《堂吉
诃德》。

Ariosto:
即意大利诗人
阿里奥斯托。

丹德: 即意
大利诗人但丁。

他最爱念的书是 Don Quixote，Ariosto 是他的癖好，丹德当然更是他从小的陪伴。

（本节原载于 1925 年 6 月 17 日《晨报副刊》）

五　两个生客

我是从满洲里买票的。普通车到莫斯科票价共一百二十几卢布，国际车到赤塔才有，我打算到了赤塔再补票。到赤塔时耿济之君到车站来接我，一问国际车，票房说要外加一百卢布，同时别人分两段（即自满洲里至赤塔，再由赤塔买至莫斯科）买票的只化了一百七十多卢布。我就不懂为什么要多化我二三十卢布，一时也说不清，我就上了普通车，那是四个人一间的。但是上车一看情形有些不妥，因为房间里已经有波兰人一家住着，一个秃顶的爸爸，一个搽胭脂的妈妈，一个十三四岁的男孩，一个几个月的乳孩；我想这可要不得，回头拉呀哭呀闹呀叫我这外客怎么办，我就立刻搬家，管他要添多少，搬上了华丽舒服的国际车再说。运气也正好，恰巧还有一间三人住的大房空着，我就住下了；顶奇怪是等到补票时我满想挨化冤钱，谁知他只要我四十三元，合算起来倒比别人便宜了十个左右的卢布，这里面的玄妙我始终不曾想出来。

车上伺候的是一位忠实而且有趣的老先生。他来替我铺床，笑着说："呀，你好福气，一个人占上这一大间屋子；我想你不应得这样舒服，车到了前面大站我替你放进两位老太太陪你，省得你寂寞好不好？"我说多谢多谢，但是老太太应得陪像你自己这样老头子的；我是年轻的，所以你应得寻一两个一样年轻的与我作伴才对。

我居然过了三天舒服的日子，第四天看了车上消息说今晚有两个客人上来，占我房里的两个空位。我就有点慌，跑去问那位老先生这消息真不真，他说："怎么会得假呢？你赶快想法子欢迎那两位老太太吧！"（俄国车上男女是不分的）回头车到了站，天已经晚了，我回房去看时，果然见有几件行李放着：一只提箱，两个铺盖，一只装食物的篓箱。间壁一位德国太太过来看了对我说："你舒服了几天，这回要受罪了，方才来的两位样子顶古怪的，不像是西方人，也不像是东方人，你留心点吧。"正说着话他们来了，一个高的，一个矮的；一个肥的，一个瘦的；一个黑脸，一个青脸——（他们两位的尊容真得请教施耐庵先生才对得住他们，我想胖的那位可以借用黑旋风的雅号，瘦的那位得叫光杨志与王英两位"矮脚青面兽"。）——两位头上全是黑松松的乱发，身上都穿着青辽辽的布衣，衣襟上都针着红色的列宁像。我是不曾见过杀人的凶手；但如其那两位朋友告诉我们方才从大牢里逃出来的，我一定无条件的相信！我们交谈了，不成。黑旋风先生很显出愿意谈天的样子，虽则青面兽先生绝对的取缄（jiān）默态度；黑先生只会三两句英国话，再来就是俄国话，再来更不知是什么鸟话。他们是土耳其斯坦来的。"你中国！"他似乎惊喜的回话，"阿孙逸仙……死？你……国民党？哈哈哈哈，你共产党？哈哈，你什么党？哈哈……到莫斯科？哈哈？"

一回＜会儿＞见他们上饭车去了；那位老车役进房来铺房，见我一个人坐着发愣，他就笑说你新来的朋友好不好？我说算了，劳驾，我还是欢迎你的老太太们！"你看年轻人总是这样三心两意的，老的不要，年轻的也不……"喔！枕垫底下可不是放着一对满装子弹的白郎林手枪？他捡了起来往上边床上一放，慢慢的接着说："年轻的也确太危险了，怪不得你不喜欢。"我平常也自夸多少有些"幽默"的，但那晚与那两位形迹可疑的生客睡在一房，心里着实有些放不平，上床时偷偷把钱包塞在枕头底下，还是过了半夜才落嗯，黑旋风先生的鼾声真是雷响一般，你说我那晚苦不苦？明早上醒过来我还有些不相信，伸手去摸自己的脑袋，还好，没有搬家，侥幸侥幸！

（本节原载于 1925 年 6 月 19 日《晨报副刊》）

六 西伯利亚

一个人到一个不曾去过的地方不免有种种的揣测，有时甚至害怕；我们不很敢到死的境界去旅行也就如此。西伯利亚，这个地方本来就容易使人发生荒凉的联想，何况现在又变了有色彩的去处，再加谣传，附会，外国存心诬蔑苏俄的报告，结果在一般人的心目中这条平坦的通道竟变了不可测的畏途。其实这都是没有根据的。西伯利亚的交通照我这次的经验看，并不怎样比旁的地方麻烦，实际上那边每星期五从赤塔开到莫斯科（每星期三自莫至赤）的特快虽则是七八天的长途车，竟不曾耽误时刻，那在中国就是很难得的了。你们从北京到满洲里，从满洲里到赤塔，尽可以坐二等车，但从赤塔

词语在线

形迹：举动和神色。

畏途：危险可怕的路途。

到俄京那一星期的路程我劝你们不必省这几十块钱（不到五十），因为那国际车真是舒服，听说战前连洗澡都有设备的，比普通车位差太远了。坐长途火车是顶累人不过的，像我自己就有些晕车，所以有可以节省精力的地方还是多破费些钱来得上算。固然坐上了国际车，你的同道只是体面的英美德法人；你如其要参预俄国人的生活时不妨去坐普通车，那就热闹了，男女不分的，小孩是常有的，车间里四张床位，除了各人的行李以外，有的是你意想不到的布置。我说给你们听听：洋瓷面盆，小木坐凳，小孩坐车，各式药瓶，洋油锅子，煎咖啡铁罐，牛奶瓶，酒瓶，小儿玩具，晾湿衣服绳子，满地的报纸，乱纸，花生壳，向日葵子壳，痰唾，果子皮，鸡子壳，面包屑……房间里的味道也就不消细说，你们自己可以想像。老实说我有点受不住，但是俄国人自会作他们的乐，往往在一团氤（yīn）氲（yūn）（当然大家都吸烟）的中间，说笑的自说笑，唱歌的自唱歌，看书的看书，瞌睡的瞌睡，同时玻璃上的蒸气全结成了冰屑，车外只是白茫茫的一片，静悄悄的莫有声息，偶尔在树林的边沿看得见几处木板造成的小屋，屋顶透露着一缕青灰色的

词语在线

氤氲：形容烟或云气浓郁。

烟痕，报告这荒凉境地里的人迹。

吃饭一路上都有餐车，但不见佳而且贵，愿意省钱的可以到站时下去随便买些食物充饥，这一路每站上都有一两间小木屋（要不然就是几位老太太站在露天提着篮端着瓶子做生意）卖杂物的：面包，牛奶，生鸡蛋，熏鱼，苹果都是平常买得到的（记着我过路的时候是三月，满地还是冰雪，解冻的时候东西一定更多）。

我动身前有人警告我说："苏俄的忌讳多的很，你得留神；上次有几个美国人在餐车里大声叫仆欧（应得叫 Comrade 康姆拉特，意思是朋友同志或伙计），叫他们一脚踢下车去死活不知下落，你这回可小心！"那是不是神话我不曾有工夫去考据；但为叫一声仆欧就得受死刑（苏州人说的"路倒尸"）我看来有些不像，实际上出门莫谈政治，倒是真的，尤其在革命未定的国家，关于苏俄我下面再讲。我们餐车的几位康姆拉特都是顶年轻的，其中有一位实在不很讲究礼节，他每回来招呼吃饭，就像是上官发命令，斜瞟着一双眼，使动着一个不耐烦的指头，舌尖上滚出几个铁质的字音，嘭的关上你的房门，他又到间壁去发命令了！他是中等身

名师点评

这段主要介绍了一位康姆拉特，作者结合此人的体态、行为、语言等，最后将他比作"拿破仑"，形象生动，令人印象深刻。

材，胸背是顶宽的，穿一身水色的制服，肩上放一块擦桌白布，走路像疾风似的有劲。但最有意思的是他的脑袋，椭圆的脸盘，扁平的前额上斜撩着一两卷短发，眼睛不大但显示异常的决断力，颧（quán）骨也长得高，像一个有威权的人；他每回来伺候你的神情简直要你发抖：他不是来伺候，他是来试你的胆量（我想胆子小些的客人见了他真会哭的）。他手里的杯盘刀叉就像是半空里下冰雪一片片直削到你的面前，叫你如何不心寒；他也不知怎的有那么大气，绷紧着一张脸我始终不曾见他露过些微的笑容；我也曾故意比着可笑的手势想博他一个和善些的顾盼，谁知不行，他的脸上笼罩着西伯利亚一冬的严霜，轻易如何消得；真的，他那肃杀的气概不仅是为威吓外来的过客，因为他对他的同僚我留神观察也并没有更温和的嘴脸；顶叫人不舒服的是他那口角边总是紧紧的咬着一枝半焦的俄国纸烟，端菜时也在那里，说话时也在那里，仿佛他一腔的愤慨只有永远嚼紧着牙关方可以勉强的耐着！后来看惯了倒也不觉得什么，我可是替他题上一个确切不过的徽号，叫他做"饭车里的拿破仑"，我那意大利朋友十二分的称赞我，因为他

✏ 词语在线

颧骨：眼睛下边两腮上面突出的骨头。

那体魄，他那神气，他的坚决，尤其是他前额上斜着的几根小发，有时他悻悻的独自在餐车那一头站着，紧攒着肩头，一只手贴着前胸，谁说这不是拿翁再世的相儿？

（本节原载于 1925 年 6 月 18 日《晨报副刊》）

品读赏析

　　徐志摩在这篇《欧游漫录——西伯利亚游记》中介绍了自己到莫斯科和西伯利亚旅途中的所见所闻。徐志摩再次重申了"独游"的主张，并对旅途中遇到的"旅伴""老先生""康姆拉特"等进行了描写，不仅给读者留下了深刻的印象，而且吸引读者仔细品味旅途中的趣味。

写作积累 XIEZUO JILEI

平淡无奇　挂漏　两袖清风　谐趣　缄默　形迹可疑　氤氲

　·我的理论，我的经验，都使我无条件的主张独游主义——是说把游历本身看做目的。同样一个地方你独身来看，与结伴来看所得的结果就不同。

　·老实说我有点受不住，但是俄国人自会作他们的乐，往往在一团氤氲（当然大家都吸烟）的中间，说笑的自说笑，唱歌的自唱歌，看书的看书，瞌睡的瞌睡，同时玻璃上的蒸气全结成了冰屑，车外只是白茫茫的一片，静悄悄的莫有声息，偶尔在树林的边沿看得见几处木板造成的小屋，屋顶透露着一缕青灰色的烟痕，报告这荒凉境地里的人迹。

后来看惯了倒也不觉得什么，我可是替他题上一个确切不过的徽号，叫他做"饭车里的拿破仑"，我那意大利朋友十二分的称赞我，因为他那体魄，他那神气，他的坚决，尤其是他前额上斜着的几根小发，有时他悻悻的独自在餐车那一头站着，紧攒着肩头，一只手贴着前胸，谁说这不是拿翁再世的相儿？

思考练习

1. 作者一路上都遇到了哪些人？
2. 在选文中，作者都运用了哪些修辞手法？

印度洋上的秋思

中秋之夜，作者看着挂在天边的圆月，思绪万千。他跟随月光，行至印度，看见了热恋的男女，看见了熟睡的婴孩，看见了惆怅的诗人，看见了悲泣的少妇，看见了闲坐的工人……他们都有着怎样的故事呢？赶快去看看吧。

昨夜中秋。黄昏时西天挂下一大帘的云母屏，掩住了落日的光潮，将海天一体化成暗蓝色，寂静得如黑衣尼在圣座前默祷。过了一刻，即听得船梢布篷上悉悉索索啜泣起来，低压的云夹着迷漾的雨色，将海线逼得像湖一般窄，沿边的黑影，也辨认不出是山是云，但涕泪的痕迹，却满布在空中水上。

又是一番秋意！那雨声在急骤之中，有零落萧疏的况味，连着阴沉的气氲，只是在我灵魂的耳畔私语道："秋！"我原来无欢的心境，抵御不住那样温婉的浸润，也就开放了春夏间所积受的秋思，和此时外来的怨艾构合，产出一个弱的婴儿——"愁"。

天色早已沈黑，雨也已休止。但方才啜泣的云，还疏松地幕在天空，只露着些惨白的微光，预告明月已经装束齐整，专等开幕。同时船烟正在莽莽苍苍地吞吐，筑成一座蟒鳞的长桥，直联及西天尽处，和船轮泛出的一流翠波白沫，上下对照，留恋西来的踪迹。

北天云幕豁处，一颗鲜翠的明星，喜孜孜地先来问探消息，像新嫁媳的侍婢，也穿扮得遍体光艳。但新娘依然姗姗未出。

我小的时候，每于中秋夜，呆坐在楼窗外等看"月华"。若然天上有云雾缭绕，我就替"亮晶晶的月亮"担忧。若然见了鱼鳞似的云彩，我的小心就欣欣怡悦，默祷着月儿快些开花，因为我常听人说只要有"瓦楞"云，就有月华；但在月光放彩以前，我母亲早已逼我去上床，所以月华只是我脑筋里一个不曾实现的想像，直到如今。

现在天上砌满了瓦楞云彩，霎时间引起了我早年许多有趣的记忆——但我的纯洁的童心，如今那里去了！

月光有一种神秘的引力。她能使海波咆哮，她能使悲绪生潮。月下的喟（kuì）息可以结聚成山，月下的情泪可以培畴百亩的畹兰，千茎的紫琳 眂。我疑悲哀是人类先天的遗传，否则，何以我们儿年不知悲感的时期，有时对着一泻的清辉，也往往凄心滴泪呢？

但我今夜却不曾流泪。不是无泪可滴，也不是文明教育将我最纯洁的本能锄净，却为是感觉了神圣的悲哀，将我理解的好奇心激动，想学契古特白登来解剖这神秘的"眸冷骨累"。冷的智永远是热的情的死仇。他们不能相容的。

但在这样浪漫的月夜，要来练习冷酷的分析，似乎不近人情，所以我的心机一转，重复将锋快的智刃剧起，让沈醉的情泪自然流转，听他产生什么音乐；让绻缱的诗魂漫自低回，看他寻出什么梦境。

明月正在云岩中间，周围有一圈黄色的彩晕，一阵阵的轻霭，在她面前扯过。海上几百

词语在线

喟：叹气。

名师点评

这里运用了比拟的修辞手法，将"起伏的银沟"赋予人的思想感情。

道起伏的银沟，一齐在微呹凄其的音节，此外不受清辉的波域，在暗中愤愤涨落，不知是怨是慕。

我一面将自己一部分的情感，看入自然界的现象，一面拿着纸笔，痴望着月彩，想从她明洁的辉光里，看出今夜地面上秋思的痕迹，希冀他们在我心里，凝成高洁情绪的菁华。因为她光明的捷足，今夜遍走天涯，人间的恩怨，那一件不经过她的慧眼呢？

印度的 Ganges（埂奇）河边有一座小村落，村外一个榕绒密绣的湖边，生着一对情醉的男女，他们中间草地上放着一尊古铜香炉，烧着上品的水息，那温柔婉恋的烟篆，沈馥香浓的热气，便是他们爱感的象征——月光从云端里轻俯下来，在那女子胸前的珠串上，水息的烟尾上，印下一个慈吻，微哂，重复登上她的云艇，上前驶去。

一家别院的楼上，窗帘不曾放下，几枝肥满的桐叶正在玻璃上摇曳斗趣，月光窥见了窗内一张小蚊床上紫纱帐里，安眠着一个安琪儿似的小孩，她轻轻挨进身去，在他温软的眼睫上，嫩桃似的腮上，抚摩了一会。又将她银色的纤指，理齐了他脐圆的额发，霭然微哂着，又回她的云海去了。

一个失望的诗人，坐在河边一块石头上，满面写着幽郁的神情，他爱人的情影，在他胸中像河水似的流动，他又不能在失望的渣滓里榨出些微甘液，他张开两手，仰着头，让大慈大悲的月光，那时正在过路，洗沐他泪腺湿肿的眼眶，他似乎感觉到清心的安慰，立即摸出一管笔，在白衣襟上写道：

"月光，

你是失望儿的乳娘！"

面海一座柴屋的窗棂里，望得见屋里的内容：一张小桌上放着半块面包和几条冷肉，晚餐的剩余。窗前几上开着一本家用的《圣经》，炉架上两座点着的烛台，不住地在流泪，旁边坐着一个皱面驼腰的老妇人，两眼半闭不闭地落在伏在她膝上悲泣的一个少妇，她的长裙散在地板上像一只大花蝶。老妇人掉头向窗外望，只见远远海涛起伏，和慈祥的月光在拥抱密吻，她叹了声气向着斜照在《圣经》上的月彩嗫道："真绝望了！真绝望了！"

她独自在她精雅的书室里，把灯火一齐熄了，倚在窗口一架藤椅上，月光从东墙肩上斜泻下去，笼住她的全身，在花瓶上幻出一个窈窕的倩影，她两根垂辫的发梢，她微澹的媚唇，和庭前几茎高峙的玉兰花，都在静秘的月色中微颤，她加她的呼吸，吐出一股幽香，不但邻近的花草，连月儿闻了，也禁不住迷醉，她腮边天然的妙涡，已有好几日不圆满：她瘦损了。但她在想什么呢？月光，你能否将我的梦魂带去，放在离她三五尺的玉兰花枝上。

威尔斯西境一座矿床附近，有三个工人，口衔着笨重的烟斗，在月光中闲坐。他们所能想到的话都已讲完，但这异样的月彩，在他们对面的松林，左首的溪水上，平添了不可言语比说的妩媚，惟有他们工余倦极的眼珠不阖，彼此不约而同今晚较往常多抽了两斗的烟，但他们矿火熏黑，煤块擦黑的面容，表示他们心灵的薄弱，在享乐烟斗以外，虽经秋月溪声的戟刺，也不能有精美情绪之反感。等月影移西一些，他们默默地扑出了一斗灰，起身进屋，各自登床睡去。月光从屋背飘眼望进去，只见他们都已睡熟；他们即使有梦，也无非矿内矿外的景色！

月光渡过了爱尔兰海峡，爬上海尔佛林的高

峰，正对着静默的红潭。潭水凝定得像一大块冰，铁青色。四圈斜坦的小峰，全都满铺着蟹青和蛋白色的岩片碎石，一株矮树都没有。沿潭间有些丛草，那全体形势，正像一大青碗，现在满盛了清洁的月辉，静极了，草里不闻虫吟，水里不闻鱼跃；只有石缝里潜洞沥淅之声，断续地作响，仿佛一座大教堂里点着一星小火，益发对照出静穆宁寂的境界，月儿在铁色的潭面上，倦倚了半晌，重复扱起她的银泻，过山去了。

昨天船离了新加坡以后，方向从正东改为东北，所以前几天的船梢正对落日，此后"晚霞的工厂"渐渐移到我们船向的左手来了。

昨夜吃过晚饭上甲板的时候，船右一海银波，在犀利之中涵有幽秘的彩色，凄清的表情，引起了我的凝视。那放银光的圆球正挂在你头上，如其起靠着船头仰望。她今夜并不十分鲜艳；她精圆的芳容上似乎轻笼着一层藕灰色的薄纱；轻漾着一种悲喟的音调；轻染着几痕泪化的露霭。她并不十分鲜艳，然而她素洁温柔的光线中，犹之少女浅蓝妙眼的斜瞟；犹之春阳融解在山颠白云反映的嫩色，含有不可解的迷力，媚态。世间凡具有感觉性的人，只要承沐着她的清辉，就发生也是不可理解的反应，引起隐复的内心境界的紧张，——像琴弦一样，——人生最微妙的情绪，戟震生命所蕴藏高洁名贵创现的冲动。有时在心理状态之前，或于同时，撼动躯体的组织，使感觉血液中突起冰流之冰流，嗅神经难禁之酸辛，内藏汹涌之跳动，泪腺之骤热与润湿。那就是秋月兴起的秋思——愁。

昨晚的月色就是秋思的泉源，岂止，真是悲哀幽骚悱怨沈郁的象征，是季候运转的伟剧中最神秘亦最自然的一幕，诗艺界最凄凉亦最微妙的一个消息。

今夜月明人尽望，不知秋思在谁家。

中国字形具有一种独一的妩媚，有几个字的结构，我看来纯是艺术家的匠心：这也是我们国粹之尤粹者之一。譬如"秋"字，已经是一个极美的字形；"愁"字更是文字史上有数的杰作：有石开湖晕，风扫松针的妙处，这一群点画的配置，简直经过柯罗的书篆，米仡朗基罗的雕圭，Chopin 的神感；像——用一个科学的比喻——原子的结构，将旋转宇宙的大力收缩成一个无形无纵的电核；这十三笔造成的象征，似乎是宇宙和人生悲惨的现象和经

词语在线

匠心：巧妙的构思。

Chopin：即波兰钢琴家肖邦。

验，吒喟和涕泪，所凝成最纯粹精密的结晶，满充了催迷的秘力。你若然有高蒂闲（Gautier）异超的知感性，定然可以梦到，愁字变形为秋霞黯绿色的通明宝玉，若用银槌轻击之，当吐银色的幽咽电蛇似腾入云天。

我并不是为寻秋意而看月，更不是为觅新愁而访秋月；蓄意沈浸于悲哀的生活，是丹德所不许的。我盖见月而感秋色，因秋窗而拈新愁：人是一簇脆弱而富于反射性的神经！

我重复回到现实的景色，轻裹在云锦之中的秋月，像一个遍体蒙纱的女郎，她那团圆清朗的外貌像新娘，但同时她幂弦的颜色，那是藕灰，她踟蹰的行踵，掩泣的痕迹，又使人疑是送丧的丽姝。所以我曾说：

"秋月呀！

我不盼望你团圆。"

这是秋月的特色，不论她是悬在落日残照边的新镰，与"黄昏晓"竞艳的眉钩，中宵斗没西陲的金碗，星云参差间的银床，以至一轮腴满的中秋，不论盈昃高下，总在原来澄爽明秋之中，遍洒着一种我只能称之为"悲哀的轻霭"，和"传愁的以太"。

🖊 **词语在线**

Gautier：
即法国诗人、小说家戈蒂埃，法国唯美主义的先驱。

即使你原来无愁，见此也禁不得沾染那"灰色的音调"，渐渐兴感起来！

秋月呀！

谁禁得起银指尖儿

浪漫地搔爬呵！

不信但看那一海的轻涛，可不是禁不住她玉指的抚摩，在那里低徊饮泣呢！就是那

无聊的云烟，

秋月的美满，

熏暖了飘心冷眼，

也清冷地穿上了轻缟的衣裳，

来参与这

美满的婚姻和丧礼。

十月六日

（原载于 1922 年 12 月 29 日《晨报副刊》）

词语在线

低徊：徘徊。

品读赏析

"人是一簇脆弱而富于反射性的神经！"作者中秋望月，进而引出了秋思、秋愁。多情的月光翻山越岭，爱抚着熟睡的婴孩，抚慰着惆怅的诗人，凝望着绝望的老妇人，笼罩着窈窕的倩影。这样的月光，寄托了作者对世人的关怀。

写作积累 XIEZUO JILEI

萧疏　静穆　匠心　低徊

·北天云幕豁处，一颗鲜翠的明星，喜孜孜地先来问探消息，像新嫁娘的侍婢，也穿扮得遍体光艳。但新娘依然姗姗未出。

·月光有一种神秘的引力。她能使海波咆哮，她能使悲绪生潮。月下的喟息可以结聚成山，月下的情泪可以培畤百亩的畹兰，千茎的紫琳眜。

·明月正在云岩中间，周围有一圈黄色的彩晕，一阵阵的轻霭，在她面前扯过。海上几百道起伏的银沟，一齐在微叱凄其的音节，此外不受清辉的波域，在暗中愤愤涨落，不知是怨是慕。

·她加她的呼吸，吐出一股幽香，不但邻近的花草，连月儿闻了，也禁不住迷醉，她腮边天然的妙涡，已有好几日不圆满：她瘦损了。但她在想什么呢？月光，你能否将我的梦魂带去，放在离她三五尺的玉兰花枝上。

思考练习

1. 在本篇中，月光都去了哪些地方？
2. 秋月的特色是什么？

泰山日出

名师导读

泰戈尔是亚洲第一位获得诺贝尔文学奖的作家。1924 年，泰戈尔受邀来华访问，受到了中国文艺界的热烈欢迎。这篇文章就是徐志摩想望泰戈尔访华所写的一篇颂词。作者在文中重点描写了泰山日出时的景象，那么泰山日出究竟有着怎样的象征意义呢？

振铎来信要我在《小说月报》的"太戈尔号"上说几句话。我也曾答应了，但这一时游济南游泰山游孔陵，太乐了，一时竟拉不拢心思来做整篇的文字，一直挨到现在期限快到，只得勉强坐下来，把我想得到的话不整齐的写出。

我们在泰山顶上看出太阳。在航过海的人，看太阳从地平线下爬上来，本不是奇事；而且我个人是曾饱饫过江海与印度洋无比的日彩的。但在高山

词语在线

无餍：不能满足。

顶上看日出，尤其在泰山顶上，我们无餍（yàn）的好奇心，当然盼望一种特异的境界，与平原或海上不同的。果然，我们初起时，天还暗沉沉的，西方是一片的铁青，东方些微有些白意，宇宙只是——如用旧词形容——一体莽莽苍苍的。但这是我一面感觉劲烈的晓寒，一面睡眼不曾十分醒豁时的约略的印象。等到留心回览时，我不由得大声的狂叫——因为眼前只是一个见所未见的境界。原来昨夜整夜暴风的工程，却砌成一座普遍的云海。除了日观峰与我们所在的玉皇顶以外，东西南北只是平铺着弥漫的云气，在朝旭未露前，宛似无量数厚毳长绒的绵羊，交颈接背的眠着，卷耳与弯角都依稀辨认得出。那时候在这茫茫的云海中，我独自站在雾霭溟濛的小岛上，发生了奇异的幻想——

我躯体无限的长大，脚下的山峦比例我的身量，只是一块拳石；这巨人披着散发，长发在风里像一面墨色的大旗，飒飒的在飘荡。这巨人竖立在大地的顶尖上，仰面向着东方，平拓着一双长臂，在盼望，在迎接，在催促，在默默的叫唤；在崇拜，在祈祷，在流泪——在流久慕未见而将见悲喜交互的热泪……

这泪不是空流的，这默祷不是不生显应的。

巨人的手，指向着东方——

东方有的，在展露的，是什么？

东方有的是瑰丽荣华的色彩，东方有的是伟大普照的光明——出现了，到了，在这里了⋯⋯

玫瑰汁，葡萄浆，紫荆液，玛瑙精，霜枫叶——大量的染工，在层累的云底工作；无数蜿蜒的鱼龙，爬进了苍白色的云堆。

一方的异彩，揭去了满天的睡意，唤醒了四隅的明霞——光明的神驹，在热奋地驰骋⋯⋯

云海也活了；眠熟了兽形的涛澜，又回复了伟大的呼啸，昂头摇尾的向着我们朝露染青馒形的小岛冲洗，激起了四岸的水沫浪花，震荡着这生命的浮礁，似在报告光明与欢欣之临在⋯⋯

再看东方——海句力士已经扫荡了他的阻碍，雀屏似的金霞，从无垠的肩上产生，展开在大地的边沿。起⋯⋯起⋯⋯用力，用力，纯焰的圆颅，一探再探的跃出了地平，翻登了云背，临照在天空⋯⋯

歌唱呀，赞美呀，这是东方之复活，这是光明的胜利⋯⋯

词语在线

横亘:(桥
梁、山脉等)
横跨;横卧。

散发祷祝的巨人,他的身彩横亘在无边的云海上,已经渐渐的消翳在普遍的欢欣里;现在他雄浑的颂美的歌声,也已在霞彩变幻中,普澈了四方八隅……

听呀,这普澈的欢声;看呀,这普照的光明!

这是我此时回忆泰山日出时的幻想,亦是我想望太戈尔来华的颂词。

(原载于 1923 年 9 月 10 日《小说月报》第 14

卷第 9 号)

品读赏析

作者之所以选择泰山日出的主题,是带有象征的寓意在内的。在本文的最后,当作者对泰山日出的景象加以赞美、加以歌颂之后,就直白地写道:"这是我此时回忆泰山日出时的幻想,亦是我想望太戈尔来华的颂词。"由此可见,作者对泰戈尔是非常景仰和崇拜的。

写作积累 XIEZUO JILEI

无餍　莽莽苍苍　溟濛　横亘

·除了日观峰与我们所在的玉皇顶以外,东西南北只是平铺着弥漫的云气,在朝旭未露前,宛似无量数厚毳长绒的绵羊,交颈接背的眠着,卷耳与弯角都依稀辨认得出。

·东方有的是瑰丽荣华的色彩，东方有的是伟大普照的光明——出现了，到了，在这里了……

·散发祷祝的巨人，他的身彩横亘在无边的云海上，已经渐渐的消翳在普遍的欢欣里；现在他雄浑的颂美的歌声，也已在霞彩变幻中，普澈了四方八隅……

思考练习

1.作者笔下的泰山日出有哪些美景？

2.这篇文章表现出作者对泰戈尔有着怎样的感情？

曼殊斐尔

曼殊斐尔（现通译为"曼斯菲尔德"）是一位英
国女作家，她不仅容貌秀美，而且才华出众。徐志摩
十分欣赏这位女作家，想要一睹芳容，但迟迟不得愿。
最终，作者终于有幸见到了曼殊斐尔，那么曼殊斐尔
究竟有着怎样的美呢？

"这心灵深处的欢畅，

这情绪境界的壮旷：

任天堂沉沦，地狱开放，

毁不了我内府的宝藏！"

词语在线

即景：就
跟前的景物（作
诗文或绘画）。

——康河晚照即景

美感的记忆，是人生最可珍的产业，认识美的
本能，是上帝给我们进天堂的一把秘钥。

有人的性情，例如我自己的，如以气候作喻，不但是阴晴相间，而且常有狂风暴雨，也有最艳丽蓬勃的春光。有时遭逢幻灭，引起厌世的悲观，铅般的重压在心上，比如冬令阴霾，到处冰结，莫有些微生气；那时便怀疑一切：宇宙，人生，自我，都只是幻的妄的；人情，希望，理想，也只是妄的幻的。

Ah，human nature，how，

If utterly frail thou art and vile，

If dust thou art and ashes，is thy heart so great？

If thou art noble in part，

How are thy loftiest and impulses and thoughts

By so ignobles causes kindled and put out？

　　　　"Sopra un ritratto di una bella donna."

这几行是最深入的悲观派诗人理巴第（Leopardi）的诗。一座荒坟的墓碑上，刻着冢（zhǒng）中人生前美丽的肖像，激起了他这根本的疑问——若说人生是有理可寻的，何以到处只是矛盾的现象；若说美是幻的，何以引起的心灵反动能有如此之深刻；若说美是真的，何以也与常物同归

词语在线

冢：坟墓。

腐朽？但理巴第探海灯似的智力虽则把人间种种事物虚幻的外象，——给褫（chǐ）剥了，连宗教都剥成了个赤裸的梦，他却没有力量来否认美，美的创现他只能认为［是］神奇的；他也不能否认高洁的精神恋，虽则他不信女子也能有同样的境界。在感美感恋最纯粹的一霎那间，理巴第不能不承认是极乐天国的消息，不能不承认是生命中最宝贵的经验。所以我每次无聊到极点的时候，在层冰般严封的心河底里，突然涌起一股消融一切的热流，顷刻间消融了厌世的凝晶，消融了烦恼的苦冻：那热流便是感美感恋最纯粹的一俄顷之回忆。

词语在线

褫剥：剥夺。

To see a world in a grain of sand,

And a Heaven in a wild flower,

Hold Infinity in the palm of your hand,

And eternity in an hour...

Auguries of Innocence：William Blake

从一颗沙里看出世界，

天堂的消息在一朵野花，

将无限存在你的掌上，

刹那间涵有无穷的边涯……

这类神秘性的感觉，当然不是普遍的经验，也不是常有的经验。凡事只讲实际的人，当然嘲讽神秘主义，当然不能相信科学可解释的神经作用，会发生科学所不能解释的神秘感觉。但世上"可为知者道不可与不知者言"的事正多著哩！

从前在十六世纪，有一次有一个意大利的牧师学者到英国乡下去，见了一大片盛开的苜蓿在阳光中竟同一湖欢舞的黄金，他只惊喜得手足无措，慌忙跪在地上，仰天祷告，感谢上帝的恩典，使他得见这样的美，这样的神景。他这样发疯似的举动，当时一定招起在旁乡下人的哗笑。我这篇要讲的经历，恐怕也有些那牧师狂喜的疯态，但我也深信读者里自有同情的人，所以我也不怕遭乡下人的笑话！

去年七月中有一天晚上，天雨地湿，我独自冒着雨在伦敦的海姆司堆特 Hampstead 问路警，问行人，在寻彭德街第十号的屋子。那就是我初次，不幸也是末次，会见曼殊斐尔——"那二十分不死的时间！"——的一晚。

我先认识麦雷君 Johh Middleton Murry，他是 Athenaeum 的总主笔，诗人，著名的评衡家，也是曼殊斐尔一生最后十余年间最密切的伴侣。

他和她自一九一三年起，即夫妇相处，但曼殊斐尔却始终用她到英国以后的"笔名"Katharine Mansfield。她生长于纽新兰 New Zealand，原名是 Kathleen Beanchamp，是纽新兰银行经理 Sir Harold Beanchamp 的女儿。她十五年前离开了本乡，同着她三个小妹子到英国，进伦敦大学皇后学院读书。她从小就以美慧著名，但身体也从小即很怯弱，她曾在德国住过，那时她写她的第一本小说"In a German Pension"。大战期内她在法国的时候多。近几年她也常在瑞士、意大利及法国南部。她常住外国，就为她身体太弱，禁不得英伦雾迷雨苦的天时，麦雷为了伴她，也只得把一部分的事业放弃（Athenaeum 之所以并入"London Nation"就为此），跟着他安琪儿似的爱妻，寻求健康。据说可怜的曼殊斐尔战后得了肺病证明以后，医生明说她不过三两年的寿限，所以麦雷和她相处有限的光阴，真是分秒可数。多见一次夕照，多经一次朝旭，她优昙似的余荣，便也消减了如许的活力，这颇使人想起茶花女一面吐血一面纵酒恣欢时的名句：

"You know I have not long to live, therefore I will

live fast！"——你知道我是活不久长的，所以我存心喝他一个痛快！

我正不知道多情的麦雷，眼看这艳丽无双的夕阳，渐渐消翳，心里"爱莫能助"的悲感，浓烈到何等田地！

✎ 词语在线

爱莫能助：
心里愿意帮助，
但是力量做不到。

但曼殊斐尔的"活他一个痛快"的方法，却不是像茶花女的纵酒恣欢，而是在文艺中努力；她像夏夜榆林中的鹃鸟，呕出缕缕的心血来制成无双的情曲，便唱到血枯音嘶，也还不忘她的责任是牺牲自己有限的精力，替自然界多增几分的美，给苦闷的人间几分艺术化精神的安慰。

她心血所凝成的便是两本小说集，一本是"Bliss"，一本是去年出版的"Garden Party"。凭这两部书里的二三十篇小说，她已经在英国的文学界里占了一个很稳固的位置。一般的小说只是小说，她的小说是纯粹的文学，真的艺术；平常的作者只求暂时的流行，博群众的欢迎，她却只想留下几小块"时灰"掩不暗的真晶，只要得少数知音者的赞赏。

但唯其是纯粹的文学，她的著作的光彩是深蕴于内而不是显露于外的，其趣味也须读者用心咀

嚼，方能充分的理会。我承作者当面许可选译她的精品，如今她去世，我更应当珍重实行我翻译的特权，虽则我颇怀疑我自己的胜任。我的好友陈通伯他所知道的欧洲文学恐怕在北京比谁都更渊博些，他在北大教短篇小说，曾经讲过曼殊斐尔的，这很使我欢喜。他现在也答应也来选译几篇，我更要感谢他了。关于她短篇艺术的长处，我也希望通伯能有机会说一点。

现在让我讲那晚怎样的会晤曼殊斐尔，早几天我和麦雷在 Charing Cross 背后一家嘈杂的 A.B.C. 茶店里，讨论英法文坛的状况，我乘便说起近几年中国文艺复兴的趋向，在小说里感受俄国作者的影响最深，他喜的几于跳了起来，因为他们夫妻最崇拜俄国的几位大家，他曾经特别研究过道施滔庖符斯斯〈基〉，著有一本 "Dostoievsky : A Critical Study"，曼殊斐尔又是私淑契诃甫（Tchekhov）的，他们常在抱憾俄国文学始终不曾受英国人相当的注意，因之小说的质与式，还脱不尽维多利亚时期的 Philistinism。我又乘便问起曼殊斐尔的近况，他说她一时身体颇过得去，所以此次敢伴着她回伦敦住两星期，他就给了我他们的住址，请我星期四晚上去会她和他们的朋友。

所以我会见曼殊斐尔，真算是凑巧的凑巧。星期三那天我到惠尔斯（H.G.Wells）乡里的家去了（Easten Glebe），下一天和他的夫人一同回伦敦，那天雨下得很大，我记得回寓时浑身全淋湿了。

他们在彭德街的寓处，很不容易找（伦敦寻地方总是麻烦的，我恨极了那回街曲巷的伦敦），后来居然寻着了，一家小小一楼一底的屋子，麦雷出来替我开门，我颇狼狈的拿著雨伞，还拿着一个朋友还我的几卷中国字画。进了门，我脱了雨具，他让我进右首一间屋子，我到那时为止对于曼殊斐尔只是对于一个有名的年轻女子作者的景仰与期望；至于她的"仙姿灵态"我那时绝对没有想到，我以为她只是与 Rose Macaulay，Virginia Woolf，Roma Wilon，Venessa Bell 几位女文学家的同流人物。平常男子文学家与美术家，已经尽够怪僻，近代女子文学家更似乎故意养成怪僻的习惯，最显著的一个通习是装饰之务淡朴，务不入时，务"背女性"：头发是剪了的，又不好好的收拾，一团和糟的散在肩上；袜子永远是粗纱的；鞋上不是沾有泥就是带灰，并且大都是最难看的样式；裙子不是异样的短就是过分的长，眉目间也许有一两圈"天才的黄晕"，或是带着最可厌的美国式龟壳大眼镜，但她们的脸上却从不见脂粉的痕迹，手上装饰亦是永远没有的，至多无非是多烧了香烟的焦痕；哗笑的声音，十次有九次半盖过同座的男子；走起路来也是挺胸凸肚的，再也辨不出是夏娃的后身；开起口来大半是男子不敢出口的话；当然最喜欢讨论的是 Freudian Complex，Birth Control，或是 George Moore 与 James Joyce 私人印行的新书，例如 "A Story - teller's Holiday" 与 "Ulysses"。总之她们的全人格只是一幅妇女解放的讽刺画。（Amy Lowell 听说整天的抽大雪茄！）和这一班立意反对上帝造人的本意的"唯智的"女子在一起，当然也有许多有趣味的地方，但有时总不免感觉她们矫揉造作的痕迹过深，引起一种性的憎忌。

我当时未见曼殊斐尔以前，固然没有想她是这样一流的 Futuristic，但也绝对没有梦想到她是女性的理想化。

所以我推进那门时我就盼望她——一个将近中年和蔼的妇人——笑盈盈的从壁炉前沙发上站起来和我握手问安。

🖋 **词语在线**

Freudian Complex：即弗洛伊德情结。

Birth Control：节育。

George Moore：即爱尔兰小说家穆尔。

James Joyce：即爱尔兰小说家乔伊斯。

A Story-teller's Holiday：即穆尔的代表作《一个小说家的假日》。

Ulysses：即乔伊斯的代表作《尤利西斯》。

但房里——一间狭长的壁炉对门的房——只见鹅黄色恬静的灯光，壁上炉架上杂色的美术的陈设和画件，几张有彩色画套的沙发围列在炉前，却没有一半个人影。麦雷让我一张椅上【一】坐了，伴着我谈天，谈的是东方的观音和耶教的圣母，希腊的 Virgin Diana，埃及的 Isis，波斯的 Mithraism 里的 Virgin 等等之相仿佛，似乎处女的圣母是所有宗教里一个不可少的象征……我们正讲着，只听门上一声剥啄，接着进来了一位年轻的女郎，含笑着站在门口。"难道她就是曼殊斐尔——这样的年轻……"我心里在疑惑，她一头的褐色卷发，盖着一张的小圆脸，眼极活泼，口也很灵动，配着一身极鲜艳的衣装——漆鞋，绿丝长袜，银红绸的上衣，酱紫的丝绒裙，——亭亭的立着，像一棵临风的郁金香。

名师点评

作者一心想见曼殊斐尔，但眼前的这位女士却不是曼殊斐尔，这令他有些失落。

麦雷起来替我介绍，我才知道她不是曼殊斐尔，而是屋主人，不知是密司 B——什么，我记不清了，麦雷是暂寓在她家的；她是个画家，壁上挂的画，大都是她自己的作品。她在我对面的椅上坐了。她从炉架上取下一个小发电机似的东西拿在手里，头上又戴了一个接电话生戴的听箍，向我凑得很近的说话，我先还当是无线电的玩具，随后方知这位秀美的女郎的听觉是有缺陷的！

她正坐定，外面的门铃大响——我疑心她的门铃是特别响些。来的是我在法兰先生（Roger Fry）家里会过的 Sydney Waterloo，极诙谐的一位先生，有一次他从巨大的袋里一连掏出了七八枝的烟斗，大的小的长的短的，各种颜色的，叫我们好笑。他进来就问麦雷，迦赛林今天怎样，我竖了耳朵听他的回答。麦雷说："她今天不下楼了，天气太坏，谁都不受用……"华德鲁先生就问他可否上楼去看她，麦说可以的，华又问了密司 B 的允许站了起来，他正要走出门，麦雷又赶过去轻轻的说："Sydney, don't talk too much！"

楼上微微听得出步响，W 已在迦赛林房中了。一面又来了两个客，一个短的 M 才从游希腊回来，一个轩昂的美丈夫。就是 London Nation and Athenaeum 里每周做科学文章署名 S 的 Sullivan。M 就讲他游历希腊的情形，尽背着古希腊的史迹名胜，Parnassus 长，Mycenae 短，讲个不住。S 也问麦雷迦赛林如何，麦雷说今晚不下楼，W 现在楼上。过了半点钟模样，W 笨重的足音下来了，S 问他迦赛林倦了没有，W 说："不，不像倦，可是我也说不上，我怕她累，所以我下来了。"再等一歇，S 也问了麦雷的允许上楼去，麦也照样叮咛他不要让她乏了。麦问我中国的书画，我乘便就拿那晚带去的一幅赵之谦的"草书法画梅"，一幅王觉斯的草书，一幅梁山舟的行书，打开给他们看，讲了些书法大意，密司 B 听得高兴，手捧着她的听盘，挨近我身旁坐着。

但我那时心里却颇觉失望，因为冒着雨存心要来一会 Bliss 的作者，偏偏她不下楼；同时 W，S，麦雷的烘云托月，又增了我对她的好奇心。我想运气不好，迦赛林在楼上，老朋友还有进房去谈的特权，我外国人的生客，一定是没有分的了。时已十时过半了，我只得起身告别，走出房门，麦雷陪出来帮我穿雨衣，我一面穿衣，一面说我很抱歉，今晚密司曼殊斐尔不能下来，否则我是很想望会她一面的，不意麦雷竟很诚恳的说，"如其你不介意，不妨请上楼去一见。"我听了这话喜出望外，立即将雨衣脱下，跟着麦雷一步一步的上楼梯……

上了楼梯，扣门，进房，介绍，S 告辞，和 M 一同出房，关门，她请我坐了，我坐下，她也坐下……这么一大串繁复的手续，我只觉得是像电火似的一扯过，其实我只推想应有这么些的经过，却并不曾觉到：当时只觉得一阵模糊。事后每次回想也只觉得是一阵模糊，我们平常从黑暗的街上走进一间灯烛辉煌的屋子，或是从光薄的屋子里出来骤然对着盛烈的阳光，往往觉得耀光太强，头晕目眩的，得定一定神，方能辨认眼前的事物。用英文说就是 Senses overwhelmed by excessive light；不仅是光，浓烈的颜色有时也有潮没官觉的效能。我想我那时，虽不定是被曼殊斐尔人格的烈光所潮没，她房里的灯光陈设以及她自身衣饰种种名品浓艳灿烂的颜色，已够使我不预防的神经，感觉刹那间的淆惑，那是很可理解的。

词语在线

这句话译为：过强的光线使得感官觉得眩晕。

她的房给我的印象并不清切，因为她和我谈话时，不容我去认记房中的布置，我只知道房是很小，一张大床差不多就占了全房大部分的地位，壁是用画纸裱的，挂着好几幅油画大概也是主人画的。她和我同坐在床左贴壁一张沙发榻上，因为我斜倚她正坐的缘故，她似乎比我高得多。（在她面前那一个不是低的，真是！）我疑心那两盏电灯是用红色罩的，否则何以我想起那房，便联想起"红烛高烧"的景象？但背景究属不甚重要，重要的是给我最纯粹的美感的——The purest aesthetic feeling——她；是使我使用上帝给我那把进天堂的秘钥的——她；是使我灵魂的内府里，又增加了一部宝藏的——她。但要用不驯服的文字来描写那晚的她！不要说显示她人格的精华，就是单只忠实地表现我当时的单纯感象，恐怕就够难的了。从前一个人有一次做梦，进天堂去玩了，他异样的欢喜，明天一起身就到他朋友那里去，想描写他神妙不过的梦境。但是，他站在朋友面前，结住舌头，一个字都说不出来，因为他要说的时候，才觉得他所学的在人间适用的字句，绝对不能表现他梦里所见天堂的景色，他气得从此不开口，后来抑郁而死。我此时妄想用字来活现出一个曼殊斐尔，也差不多有同样的感觉，但我却宁可冒猥渎神灵的罪，免得像那位诚实君子活活的闷死。她的打扮与她的朋友 B 女士相像：也是铄亮的漆皮鞋，闪色的绿丝袜，枣红丝绒的围裙，嫩黄薄绸的上衣，领口是尖开的，胸前挂着一串细珍珠，袖口只齐及肘弯。她的发是黑的，也同密司 B 一样剪短的，但她帕发的式样，却是我在欧美从没有见过的，我疑心她是有心仿效中国式，因为她的发不但纯黑，而且直而不卷，整整齐齐的一圈，前面像我们十余年前的"刘海",梳得光滑异常,我虽则说不出所以然,但觉得她发之美也是生平所仅见。

至于她眉目口鼻之清之秀之明净,我其实不能传神于万一,仿佛你对着自然界的杰作,不论是秋月洗净的湖山,霞彩纷披的夕照,或是南洋莹澈的星空,或是艺术界的杰作,培德花芬的沁芳,南怀格纳的奥配拉,密克朗其罗的雕像,卫师德拉(Whistler)或是柯罗(Corot)的画;你只觉得他们整体的美,纯粹的美,完全的美,不能分析的美,可感不可说的美;你仿佛直接无碍的领会了造化最高明的意志,你在最伟大深刻的戟刺中经验了无限的欢喜,在更大的人格中解化了你的性灵,我看了曼殊斐尔像印度最纯澈的碧玉似的容貌,受着她充满了灵魂的电流的凝视,感着她最和软的春风似神态,所得的总量我只能称之为一整个的美感。她仿佛是个透明体,你只感讶她粹极的灵澈性,却看不见一些杂质。就是她一身的艳服,如其别人穿着,也许会引起琐碎的批评,但在她身上,你只是觉得妥帖,像牡丹的绿叶,只是不可少的衬托,汤林生(她生前的一个好友),以阿尔帕斯山岭万古不融的雪，来比拟她清极超俗的美，我以为很有意味的；他说：

> 曼殊斐尔以美称，然美固未足以状其真，世以可人为美，曼殊斐尔固可人矣，然何其脱尽尘寰气，一若高山琼雪，清澈重霄，其美可惊，而其凉亦可感。艳阳被雪，幻成异彩，亦明明可识，然亦似神境在远，不隶人间。曼殊斐尔肌肤明皙如纯牙，其官之秀，其目之黑，其颊之腴，其约发环整如鬒，其神态之闲静，有华族粲者之明粹，而无西艳佻杰之容；其躯体尤苗约，绰如也，若明蜡之静焰，若晨星之澹妙，就语者未尝不自讶其吐息之重浊，而虑是静且澹者之且神化……

汤林生又说她锐敏的目光，似乎直接透入你灵府深处，将你所蕴藏的秘密，一齐照澈，所以他说她有鬼气，有仙气；她对着你看，不是见你的面之表，而是见你心之底，但她却不是侦刺你的内蕴，不是有目的的搜罗，而只是同情的体贴。你在她面前，自然会感觉对她无慎密的必要；你不说她也有数，你说了她不会惊讶。她不会责备，她不会怂愚，她不会奖赞，她不会代你出什么物质利益的主意，她只是默默的听，听完了然后对你讲她自己超于善恶的见解——真理。

这一段从长期交谊中出来深入的话，我与她仅仅一二十分钟的接近当然不会体会到，但我敢说从她神灵的目光里推测起来，这几句话不但是可能，而且是极近情的。

所以我那晚和她同坐在蓝丝绒的榻上，幽静的灯光，轻笼住她美妙的全体，我像受了催眠似的，只是痴对她神灵的妙眼，一任她利剑似的光波，妙乐似的音浪，狂潮骤雨似的向着我灵府泼淹。我那时即使有自觉的感觉，也只似开茨 Keats 听鹃啼时的：

My heart aches, and a drowsy numbness pains

My sense, as though of homlock I had drunk...

'Tis not through envy of thy happy lot.

But being too happy in thy happiness...

📝 **名师点评**

这段诗出自济慈的《夜莺颂》。

曼殊斐尔的音声之美，又是一个 Miracle。一个个音符从她脆弱的声带里颤动出来，都在我习于尘俗的耳中，启示着一种神奇的异境，仿佛蔚蓝的天空中一颗一颗的明星先后涌现。像听音乐似的，虽则明明你一生从不曾听过，但你总觉得好像曾经闻到过的，也许在梦里，也许在前生。她的，不仅引起你听觉的美感，而竟似直达你的心灵底里，抚摩你蕴而不宣的苦痛，温和你半冷半僵的希望，洗涤你窒碍性灵的俗累，增加你精神快乐的情调，仿佛凑住你灵魂的耳畔私语你平日所冥想不到的仙界消息。我便此时回想，还不禁内动感激的悲慨，几于零泪；她是去了，她的音声笑貌也似蜃彩似的一翳不再，我只能学 Aft Vogler 之自慰，虔信：

Whose voice has gone forth, but each survives for the melodist when eternity affirms the conception of an hour.

...

Enough that he heard it once, we shall hear it by & by.

曼殊斐尔，我前面说过，是病肺痨的，我见她时正离她死不过半年，她那晚说话时，声音稍

词语在线

肺痨：中医指肺结核。肺部发生的结核病。症状是低热、盗汗、咳嗽、多痰、消瘦，有时咯血。通称肺病。

高，肺管中便如获管似的呼呼作响。她每句语尾收顿时，总有些气促，颧颊间便也多添一层红润，我当时听出了她肺弱的音息，便觉得切心的难过，而同时她天才的兴奋，偏是逼迫她音度的提高，音愈高，肺嘶亦更呖呖，胸间的起伏，亦隐约可辨，可怜！我无奈何，只得将自己的声音特别的放低，希冀她也跟着放低些。果然很应效，她也放低了不少，但不久她又似内感思想的戟刺，重复节节的高引。最后我再也不忍因我而多耗她珍贵的精力，并且也记得麦雷再三叮嘱 W 与 S 的话，就辞了出来，总计我自进房至出房——她站在房门口送我——不过二十分的时间。

我与她所讲的话也很有意味，但大部分是她对于英国当时最风行的几个小说家的批评——例 如 Rebecca West, Romer Wilson, Hutchingson, Swinnerton, 等——恐怕因为一般人不稔悉，那类简约的评语不能引起相当的兴味所以从略。麦雷自己是现在英国中年的评衡家最有学有识的一人——他去年在牛津大学讲的 "The Problem of style" 有人誉为安诺德（Matthew Arnold）以后评衡界里最重要的一部贡献——而他总常常推尊曼殊斐尔，说她是

📝 词语在线

Rebecca West：即英国小说家韦斯特。

Romer Wilson：不详。

Hutchingson：应作 Hutchinson，即英国小说家赫金森。

Swinnerton：即英国小说家斯温那顿。

The Problem of style：风格的问题。

Matthew Arnold：英国诗人、评论家阿诺德。

评衡的天才，有言必中肯的本能。所以我此刻要把她那晚随兴月旦的珠沫，略过不讲，很觉得有些可惜。她说她方才从瑞士回来，在那边和罗素夫妇的寓所相距颇近，常常说起东方的好处，所以她原来对中国景仰，更一进而为爱慕的热忱。她说她最爱读 Arthur Waley 所翻的中国诗，她说那样的艺术在西方真是一个 Wonderful Revelatian，她说新近 Amy Lowell 译的很使她失望，她这里又用她爱用的短句——That's not the thing！她问我译过没有，她再三劝我应当试试，她以为中国诗只有中国人能译得好的。

她又问我是否也是写小说的，她又问中国顶喜欢契诃甫的那几篇，译得怎么样，此外谁最有影响。

她问我最喜读那几家小说，我说哈代、康拉德，她的眉梢耸了一耸笑道：

"Isn't it！ We have to go back to the old masters for good literature —— the real thing！"

她问我回中国去打算怎么样，她希望我不进政治，她愤愤地说现代政治的世界，不论那一国，只是一乱堆的残暴和罪恶。

词语在线

Arthur Waley：即英国汉学家、汉语翻译家韦利。

Wonderful Revelatian：奇妙的启示。

That's not the thing：不是那么回事。

词语在线

这句话译为："是的！我们必须回到过去的大师们那里，才能读到真正的好文学！"

后来说起她自己的著作。我说她的太是纯粹的艺术，恐怕一般人反而不认识，她说：

"That's just it, then of course, popularity is never the thing for us."

我说我以后也许有机会试翻她的小说，愿意先得作者本人的许可。她很高兴地说她当然愿意，就怕她的著作不值得翻译的劳力。

她盼望我早日回欧洲，将来如到瑞士再去找她，她说怎样的爱瑞士风景，琴妮湖怎样的妩媚，我那时就仿佛在湖心柔波间与她荡舟玩景：

"Clear，placid Leman！…

Thy soft murmuring sounds sweet as if a sister's voice reproved.

That I with stern delights should ever have been so moved..."

我当时就满口的答应，说将来回欧一定到瑞士去访她。

末了我恐怕她已经倦了，深恨与她相见之晚，但盼望将来还有再见的机会，她送我到房门口，与

✎ 词语在线

这句话译为："确实如此。但流行从来不是我们所追求的东西。"

这三段译为："清澈、平静的莱蒙湖啊！/……你那温柔的波涛声/就像姐妹的责备声那般动听。/对于这样的严厉，我从没这样高兴和感动过。"诗句引自英国诗人拜伦的《恰尔德·哈罗德游记》。

我很诚挚地握别……

将近一月前我得到曼殊斐尔已经在法国的芳丹卜罗去世。这一篇文字，我早已想写出来，但始终为笔懒，延到如今，岂知如今却变了她的祭文！

文章开篇，作者先谈论了美感的话题，进而引出了他心中的美——曼殊斐尔。作者在描绘曼殊斐尔时，详写了发之美、貌之美、目之美、声之美、言之美。可以说，曼殊斐尔不仅面貌秀美，而且才华横溢、心思灵澈，具有纯粹的美、完全的美。显然，这才是作者欣赏她的重要原因。

写作积累 XIEZUO JILEI

手足无措　爱莫能助　矫揉造作　喜出望外

· 她像夏夜榆林中的鹃鸟，呕出缕缕的心血来制成无双的情曲，便唱到血枯音嘶，也还不忘她的责任是牺牲自己有限的精力，替自然界多增几分的美，给苦闷的人间几分艺术化精神的安慰。

· 至于她眉目口鼻之清之秀之明净，我其实不能传神于万一，仿佛你对着自然界的杰作，不论是秋月洗净的湖山，霞彩纷披的夕照，或是南洋莹澈的星空，或是艺术界的杰作，培德花芬的沁芳，南怀格纳的奥配拉，密克朗其罗的雕像，卫师德拉（Whistler）或是柯罗（Corot）的画；你只觉得他们整体的美，纯粹的美，完全的美，不能分析的美，可感不可说的美。

·她的，不仅引起你听觉的美感，而竟似直达你的心灵底里，抚摩你蕴而不宣的苦痛，温和你半冷半僵的希望，洗涤你窒碍性灵的俗累，增加你精神快乐的情调，仿佛凑住你灵魂的耳畔私语你平日所冥想不到的仙界消息。

思考练习

1.作者遭遇了哪些曲折才见到曼殊斐尔？

2.曼殊斐尔给作者留下了哪些深刻印象？

济慈的夜莺歌

•‹ 名师导读 ›•

　　济慈是英国著名的诗人，他的名作《夜莺颂》（即
《夜莺歌》）广为流传。徐志摩从内容和音调等角度
对《夜莺颂》进行详细的解析。在诗人徐志摩的笔下，
《夜莺颂》会呈现出怎样独特的艺术魅力呢?

　　诗中有济慈（John Keats）的《夜莺歌》，与禽
中有夜莺一样的神奇。除非你亲耳听过，你不容易
相信树林里有一类发痴的鸟，天晚了才开口唱，在
黑暗里倾吐她的妙乐，愈唱愈有劲，往往直唱到天
亮，连真的心血都跟着歌声从她的血管里呕出；除
非你亲自咀嚼过，你也不易相信一个二十三岁的青
年有一天早饭后坐在一株李树底下迅笔的写，不到
三小时写成了一首八段八十行的长歌。这歌里的音

乐与夜莺的歌声一样的不可理解，同是宇宙间一个奇迹，即使有那一天大英帝国破裂成无可记认的断片时，《夜莺歌》依旧保有他无比的价值：万万里外的星亘（gèn）古的亮着，树林里的夜莺到时候就来唱着，济慈的《夜莺歌》永远在人类的记忆里存着。

词语在线

亘古：整个古代。

那年济慈住在伦敦的 Wentworth Place。百年前的伦敦与现在的英京大不相同，那时候"文明"的沾染比较的不深，所以华次华士站在威士明治德桥上，还可以放心的讴歌清晨的伦敦，还有福气在"无烟的空气"里呼吸，望出去也还看得见"田地，小山，石头，旷野，一直开拓到天边"。那时候的人，我猜想，也一定比较的不野蛮，近人情，爱自然，所以白天听得着满天的云雀，夜里听得着夜莺的妙乐。要是济慈迟一百年出世，在夜莺绝迹了的伦敦市里住着，他别的著作不敢说，这首《夜莺歌》至少，怕就不会成功，供人类无尽期的享受。说起真觉得可惨，在我们南方，古迹而兼是艺术品的，止淘成了西湖上一座孤单的雷峰塔，这千百年来雷峰塔的文学还不曾见面，雷峰塔的映影已经永别了波心！也许我们的灵性是麻皮做的，木屑做

名师点评

通过古今对比，表达出作者对过去生活环境的向往，也再次传达出作者崇尚自然的人生观。

的，要不然这时代普遍的苦痛与烦恼的呼声，还不是最富灵感的天然音乐；——但是我们的济慈在那里？我们的《夜莺歌》在那里？济慈有一次低低的自语——"I feel the flowers growing on me."意思是"我觉得鲜花一朵朵的长上了我的身"，就是说他一想着了鲜花，他的本体就变成了鲜花，在草丛里掩映着，在阳光里闪亮着，在和风里一瓣瓣的无形的伸展着，在蜂蝶轻薄的口吻下羞晕着。这是想像力最纯粹的境界：孙猴子能七十二般变化，诗人的变化力更是不可限量——莎士比亚戏剧里至少有一百多个永远有生命的人物，男的女的，贵的贱的，伟大的，卑琐的，严肃的，滑稽的，还不是他自己摇身一变变出来的。济慈与雪莱最有这与自然谐合的变术；——雪莱制"云歌"时我们不知道雪莱变了云还是云变了雪莱；歌"西风"时不知道歌者是西风还是西风是歌者；颂"云雀"时不知道是诗人在九霄云端里唱着还是百灵鸟在字句里叫着；同样的济慈咏"忧郁"（Ode on Melancholy）时他自己就变了忧郁本体，"忽然从天上吊下来像一朵哭泣的云"；他赞美"秋"（To Autumn）时他自己就是在树叶底下挂着的叶子中心那颗渐渐发长的核仁儿，或是在稻田里静偃着玫瑰色的秋阳！这样比称起来，如其赵松雪关紧房门伏在地下学马的故事可信时，那我们的艺术家就落粗蠢，不堪的"乡下人气味"！

他那《夜莺歌》是他一个哥哥死的那年做的，据他的朋友有名肖像画家 Robert Hayden 给 Miss Mitford 的信里说，他在没有写下以前早就起了腹稿，一天晚上他们俩在草地里散步时济慈低低的背诵给他听——"...in a low, tremulous undertone which affected me extremely." 那年碰巧——据着济慈传的 Lord Houghton 说，在他屋子的邻近来了一只夜莺，每晚不倦的歌唱，他很快活，常常留意倾听，一直听得他心痛神醉逼着他从自己的口里复制了一套不朽的歌曲。我们要记得济慈二十五岁那年在意大利在他一个朋友的怀抱里作古，他是，与他的夜莺一样，呕血死的！

能完全领略一首诗或是一篇戏曲，是一个精神的快乐，一个不期然的发现，这不是容易的事；要完全了解一个人的品性是十分难，要完全领会一首小诗也不得容易。我简直想说一半得靠你的缘分，我真有点儿迷信。就我自己说，文学本不是我的行业，我的有限的文学知识是"无师传授"的。斐

📝 **词语在线**

Robert Hayden：即英国历史画家海顿。

Miss Mitford：即英国女剧作家米特福德小姐。

这句话译为："他的低沉、颤抖的嗓音深深地打动了我。"

Lord Houghton：霍顿勋爵，即英国诗人米尔尼斯。

德（Walter Pater）是一天在路上碰着大雨到一家旧书铺去躲避无意中发现的，哥德（Goethe）——说来更怪了——是司蒂文孙（R. L. S.）介绍给我的（在他的 Art of Writing 那书里他称赞 George Henry Lewes 的葛德评传；Everyman edition 一块钱就可以买到一本黄金的书），柏拉图是一次在浴室里忽然想着要去拜访他的。雪莱是为他也离婚才去仔细请教他的，杜思退益夫斯基，托尔斯泰，丹农雪乌，波特莱耳，卢骚，这一班人也各有各的来法，反正都不是经由正宗的介绍：都是邂逅，不是约会。这次我到北大教书也是偶然的，我教着济慈的《夜莺歌》也是偶然的，乃至我现在动手写这一篇短文，更不是料得到的。友鸾再三要我写才鼓起我的兴来，我也很高兴写，因为看了我的乘兴的话，竟许有人不但发愿去读那《夜莺歌》，并且从此得到了一个亲口尝味最高级文学的门径，那我就得意极了。

但是叫我怎样讲法呢？在课堂里一头讲生字一头讲典故，多少有一个讲法，但是现在要我坐下来把这首整体的诗分成片段诠释他的意义，可真是一个难题！领略艺术与看山景一样，只要你地位站＜站＞得适当，你这一望一眼便吸收了全景的精神；

要你"远视"的看，不是近视的看；如其你捧住了树才能见树，那时即使你不惜工夫一株一株的审查过去，你还是看不到全林的景子。所以分析的看艺术，多少是杀风景的：综合的看法才对。所以我现在勉强讲这《夜莺歌》，我不敢说我能有什么心得的见解！我并没有！我只是在课堂里讲书的态度，按句按段的讲下去就是，至于整体的领悟还得靠你们自己，我是不能帮忙的。

你们没有听过夜莺先是一个困难。北京有没有我都不知道。下回萧友梅先生的音乐会要是有贝德花芬的第六个"沁芳南"(The Pastoral Symphony)时，你们可以去听听，那里面有夜莺的歌声。好吧，我们只要能同意听音乐——自然的或人为的——有时可以使我们听出神：譬如你晚上在山脚下独步时听着清越的笛声，远远的飞来，你即使不滴泪，你多少不免"神往"不是？或是在山中听泉乐，也可使你忘却俗景，想像神境。我们假定夜莺的歌声比我们白天听着的什么鸟都要好听；她初起像是龚云甫，嗓子发沙的，很懒的试她的新歌；顿上一顿，来了，有调了。可还不急，只是清脆悦耳，像是珠走玉盘（比喻是满不相干的！）。慢慢的她动了情感，仿佛忽然想起了什么事情使她激成异常的愤慨似的，她这才真唱了，声音越来越亮，调门越来越新奇，情绪越来越热烈，韵味越来越深长，像是无限的欢畅，像是艳丽的怨慕，又像是变调的悲哀——直唱得你在旁倾听的人不自主的跟着她兴奋，伴着她心跳。你恨不得和着她狂歌，就差你的嗓子太粗太浊合不到一起！这是夜莺；这是济慈听着的夜莺，本来晚上万籁静定后声音的感动力就特强，何况夜莺那样不可模拟的妙乐。

好了；你们先得想像你们自己也教音乐的沉醴浸醉了，四肢软绵绵的，心头痒荾荾的，说不出的一种浓味的馥（fù）郁的舒服，眼帘也是懒洋洋的挂不起来，心里满是流膏似的感想，辽远的回忆，甜美的惆怅，闪光的希冀，微笑的情调一齐兜上方寸灵台时——再来——"in a low, tremulous undertone"——开诵济慈的《夜莺歌》，那才对劲儿！

这不是清醒时的说话；这是半梦呓的私语：心里畅快的压迫太重了流出口来绻缱的细语——我们用散文译他的意思来看——

一

"这唱歌的，唱这样的神妙的歌的，决不是一只平常的鸟；她一定是一个树林里美丽的女神，有翅膀会得飞翔的。她真乐呀，你听独自在黑夜的树林里，在枝干交叉，浓荫如织的青林里，她畅快的开放她的歌调，赞美着初夏的美景，我在这里听她唱，听的时候已经很多，她还是恣情的唱着；啊，我真被她的歌声迷醉了，我不敢羡慕她的清福，但我却让她无边的欢畅催眠住了，我像是服了一剂麻药，或是喝尽了一剂鸦片汁，要不然为什么这睡昏昏思离离的像进了黑甜乡似的，我感觉着一种微倦的麻痹，我太快活了，这快感太尖锐了，竟使我心房隐隐的生痛了！"

二

夜莺的歌声如酒一般香甜，作者沉醉其中，感受着幸福和快乐。

"你还是不倦的唱着——在你的歌声里我听出了最香冽的美酒的味儿。呵，喝一杯陈年的真葡萄酿都痛快呀！那葡萄是长在暖和的南方的，普鲁冈斯那种地方，那边有的是幸福与欢乐，他们男的女的整天在宽阔的太阳光底下作乐，有的携着手跳春舞，有的弹着琴唱恋歌；再加那遍野的香草与各样的树馨——在这快乐的地土下他们有酒窖埋着美酒。现在酒味益发的澄静，香冽了。真美呀，真充满了南国的乡土精神的美酒，我要来引满一杯，这酒好比是希宝克林灵泉的泉水，在日光里潋潋发虹光的清泉，我拿一只古爵盛一个扑满。阿，看呀！这珍珠似的酒沫在这杯边上发瞬，这杯口也叫紫色的浓浆染一个鲜艳；你看看，我这一口就把这一大杯酒吞了下去——这才真醉了，我的神魂就脱离了躯壳，幽幽的辞别了世界，跟着你清唱的音响，像一个影子似澹澹的掩入了你那暗沉沉的林中。"

三

"想起这世界真叫人伤心。我是无沾恋的，巴不得有机会可以逃避，可以忘怀种种不如意的现象，不比你在青林茂荫里过无忧的生活，你不知道也无须过问我们这寒伧的世界，我们这里有的是热病，厌倦，烦恼，平常朋友们见面时只是愁颜相对，你听我的牢骚，我听你的哀怨；老年人耗尽了精力，听凭痹症摇落他们仅存的几茎可怜的白发；年轻人也是叫不如意事蚀空了，满脸的憔悴，消瘦得像一个鬼影，再不然就进墓门；真是除非你不想他，你要一想的时候就不由得你发愁，不由得你眼睛里钝迟迟的充满了绝望的晦色；美更不必说，也许难得在这里，那里，偶然露一点痕迹，但是转瞬间就变成落花流水似没了，春光是挽留不住的，爱美的人也不是没有，但美景既不常驻人间，我们至多只能实现暂时的享受，笑口不曾全开，愁颜又回来了！因此我只想顺着你歌声离别这世界，忘却这世界，解化这忧郁沉沉的知觉。"

四

"人间真不值得留恋，去吧，去吧！我也不必乞灵于培克司（酒神）与他那宝辇前的文豹，只凭诗情无形的翅膀我也可以飞上你那里去。阿，果然来了！到了你的境界了！这林子里的夜是多温柔呀，也许皇后似的明月此时正在她天中的宝座上坐着，周围无数的星辰像侍臣似的拱着她。但这夜却是黑，暗阴阴的没有光亮，只有偶然天风过路时把这青翠荫蔽吹动，让半亮的天光丝丝的漏下来，照出我脚下青茵浓密的地土。"

五

"这林子里梦沉沉的不漏光亮，我脚下踏着的不知道是什么花，树枝上渗下来的清馨也辨不清是

什么香；在这熏香的黑暗中我只能按着这时令猜度
这时候青草里，矮丛里，野果树上的各色花香；——
乳白色的山楂花，有刺的蔷薇，在叶丛里掩盖着的
芝罗兰已快萎谢了，还有初夏最早开的麝香玫瑰，
这时候准是满承着新鲜的露酿，不久天暖和了，到
了黄昏时候，这些花堆里多的是采花来的飞虫。"

　　我们要注意从第一段到第五段是一顺下来的：
第一段是乐极了的谵语，接着第二段声调跟着南
方的阳光放亮了一些，但情调还是一路的缠绵。第
三段稍为激起一点浪纹，迷离中夹着一点自觉的愤
慨，到第四段又沉了下去，从 "Already with thee！"
起，语调又极幽微，像是小孩子走入了一个阴凉的
地窖子，骨髓里觉着凉，心里却觉着半害怕的特别
意味，他低低的说着话，带颤动的，断续的；又像
是朝上风来吹断清梦时的情调；他的诗魂在林子的
黑荫里闻着各种看不见的花草的香味，私下一一的
猜测诉说，像是山涧平流入湖水时的尾声……这第
六段的声调与情调可全变了；先前只是畅快的惝
（chǎng）恍（huǎng），这下竟是极乐的谵语了。他
乐极了，他的灵魂取得了无边的解脱与自由，他就

词语在线

　　这句话译
为："早已和你
在一起！"

想永保这最痛快的俄顷，就在这时候轻轻的把最后的呼吸和入了空间，这无形的消灭便是极乐的永生；他在另一首诗里说——

I know this being's lease,

My fancy to its utmost bliss spreads,

Yet could I on this very midnight cease,

And the world's gaudy ensign see in shreds :

Verse, Fame and Beauty are intense indeed :

But Death intenser—Death is Life's high meed.

在他看来（或是在他想来），"生"是有限的，生的幸福也是有限的——诗，声名与美是我们活着时最高的理想，但都不及死，因为死是无限的，解化的，与无尽流的精神相投契的，死才是生命最高的蜜酒，一切的理想在生前只能部分的，相对的实现，但在死里却是整体的绝对的谐合，因为在自由最博大的死的境界中一切不调谐的全调谐了，一切不完全【的】全完全了。他这一段用的几个状词要注意，他的死不是苦痛；是 "Easefuldeath" 舒服的，或是竟可以翻作"逍遥的死"；还有他说 "Quiet breath"，幽静或是幽静的呼吸，这个观念在济慈诗里常见，很可注意；他在一处排列他得意的幽静的比象——

Autumn suns

Smiling at eve upon the quiet sheaves,

Sweet Sapphos Cheek—a sleeping infant's breath–

The gradual sand that through an hour glass runs

A woodland rivulet, a poet's death.

名师点评

这首诗引自济慈的《当黑暗的雾气笼罩了我们的平原》。

秋田里的晚霞，沙浮女诗人的香腮，睡孩的呼吸，光阴渐缓的流沙，山林里的小溪，诗人的死。他诗里充满着静的，也许香艳的，美丽的静的意境，正如雪莱的诗里无处不是动，生命的振动，剧烈的，有色彩的，嘹亮的。我们可以拿济慈的"秋歌"对照雪莱的"西风歌"，济慈的"夜莺"对比雪莱的"云雀"，济慈的"忧郁"对比雪莱的"云"，一是动，舞，生命，精华的，光亮的，搏动的生，一是静，幽，甜熟的，渐缓的，"奢侈"的死，比生命更深奥更博大的死，那就是永生。懂了他的生死的概念我们再来解释他的诗：

词语在线

搏动：有节奏地跳动(多指心脏或血脉)。

六

"但是我一面正在猜测着这青林里的这样那样，夜莺她还是不歇的唱着，这回唱得更浓更烈了（先前只像荷池里的雨声，调虽急，韵节还是很匀净的；现在竟像是大块的骤雨落在盛开的丁香林中，这白英在狂颤中缤纷的堕地，雨中的一阵香雨，声调急促极了）。所以我竟想在这极乐中静静的解化，平安的死去，所以我竟与无痛苦的解脱发生了恋爱，昏昏的随口编着钟爱的名字唱着赞美她，要她领了我永别这生的世界，投入永生的世界。这死所以不仅不是痛苦，真是最高的幸福，不仅不是不幸，并且是一个极大的奢侈；不仅不是消极的寂灭，这正是真生命的实现。在这青林中，在这半夜里，在这美妙的歌声里，轻轻的挑破了生命的水泡。阿，去吧！同时你在歌声中倾吐了你的内蕴的灵性，放胆的尽性的狂歌好像你在这黑暗里看出比光明更光明的光明，在你的叶荫中实现了比快乐更快乐的快乐：——我即使死了，你还是继续的唱着，直唱到我听不着，变成了土，你还是永远的唱着。"

　　这是全诗精神最饱满音调最神灵的一节，接着上段死的意思与永生的意思，他从自己又回想到那鸟的身上，他想我可以在这歌声里消散，但这歌声的本体呢？听歌的人可以由生入死，由死得生，这唱歌的鸟，又怎样呢？以前的六节都是低调，就是第六节调虽变，音还是像在浪花里浮沉着的一张叶片，浪花上涌时叶片上涌，浪花低伏时叶片也低伏；但这第七节是到了最高点，到了急调中的急调——诗人的情绪，和着鸟的歌声，尽情的涌了出来：他的迷醉中的诗魂已经到了梦与醒的边界。

　　这节里 Ruth 的本事是在旧约书里 The Book of Ruth。她是嫁给一个客民的，后来丈夫死了，她的姑要回老家，叫她也回自己的家再嫁人去，罗司一定不肯，情愿跟着她的姑到外国去守寡，后来她在麦田里收麦，她常常想着她的本乡，济慈就应用这段故事。

七

　　"方才我想到死与灭亡，但是你，不死的鸟呀，你是永远没有灭亡的日子，你的歌声就是你不死的一个凭证。时代尽迁异，人事尽变化，你的音乐还是永远不受损伤，今晚上我在此地听你，这歌声还不是在几千年前已经在着，富贵的王子曾经听过你，卑贱的农夫也听过你：也许当初罗司那孩子在黄昏时跬＜站＞在异邦的田里割麦，她眼里含着一包眼泪思念故乡的时候，这同样的歌声，曾经从林子里透出来，给她精神的慰安；也许在中古时期幻术家在海上变出蓬莱仙岛，在波心里起造着楼阁，在这里面住着他们摄取来的美丽的女郎，她们凭着窗户望海思乡时，你的歌声也曾经感动她们的心灵，给她们平安与愉快。"

八

这段是全诗的一个总束，夜莺放歌的一个总束，也可以说人生大梦的一个总束。他这诗里有两相对的（动机）。一个是这现世界，与这面目可憎的实际的生活：这是他巴不得逃避，巴不得忘却的；一个是超现实的世界，音乐声中不朽的生命，这是他所想望的，他要实现的，他愿意解脱了不完全暂时的生，为要化入这完全的永久的生。他如何去法，凭酒的力量可以去，凭诗的无形的翅膀亦可以飞出尘寰（huán），或是听着夜莺不断的唱声也可以完全忘却这现世界的种种烦恼。他去了，他化入了温柔的黑夜，化入了神灵的歌声——他就是夜莺，夜莺就是他。夜莺低唱时他也低唱，高唱时他也高唱，我们辨不清谁是谁，第六第七段充分发挥"完全的永久的生"那个动机，天空里，黑夜里已经充塞了音乐——所以在这里最高的急调尾声一个字音 forlorn 里转回到那一个动机，他所从来那个现实的世界，往来穿着的还是那一条线，音调的接合，转变处也极自然；最后揉和那两个相反的动机，用醒（现世界）与梦（想像世界）结束全文，像拿一块石子掷入山壑内的深潭里，你听那音响又清切又谐和，余音还在山壑里回荡着，使你想见那石块慢慢的，慢慢的沉入了无底的深潭……音乐完了，梦醒了，血呕尽了，夜莺死了！但他的余韵却袅袅的永远在宇宙间回响着……

十三年十二月二日夜半

（本文原载于 1925 年 2 月 10 日《小说月报》第

16 卷第 2 期）

词语在线

尘寰：尘世；人世间。

forlorn：即孤寂。

品读赏析

在本篇中，徐志摩从内容、音调、精神等方面分析了济慈的《夜莺歌》，条理清晰、结构分明、用词精准、感受深刻，字里行间充满着诗情画意。

写作积累 XIEZUO JILEI

亘古　摇身一变　清越　搏动　尘寰

·万万里外的星亘古的亮着，树林里的夜莺到时候就来唱着，济慈的《夜莺歌》永远在人类的记忆里存着。

·就是说他一想着了鲜花，他的本体就变成了鲜花，在草丛里掩映着，在阳光里闪亮着，在和风里一瓣瓣的无形的伸展着，在蜂蝶轻薄的口吻下羞晕着。

·你还是不倦的唱着——在你的歌声里我听出了最香冽的美酒的味儿。

·音乐完了，梦醒了，血呕尽了，夜莺死了！但他的余韵却袅袅的永远在宇宙间回响着……

思考练习

1.徐志摩对济慈的《夜莺歌》是如何评价的？

2.《夜莺歌》的主旨是什么？

海滩上种花

•••• 名师导读 ••••

在本篇中，作者描绘了两幅画：一幅是"小孩子在海边砂滩上独自的玩，赤脚穿着草鞋，右手提着一枝花，使劲把它往砂里栽，左手提着一把浇花的水壶，壶里水点一滴滴的往下吊着"；另一幅是一个孩子"在月光下跪着拜一朵低头的百合花"。两幅画都震撼人心，那么作者想要告诉我们什么呢？

朋友是一种奢华。且不说酒肉势利，那是说不上朋友，真朋友是相知。但相知谈何容易，你要打开人家的心，你先得打开你自己的，你要在你的心里容纳人家的心，你先得把你的心推放到人家的心里去：这真心或真性情的相互的流转，是朋友的秘密，是朋友的快乐。但这是说你内心的力量够得到，性灵的活动有富余，可以随时开放，随时往外流，像山里的泉水，流向容得住你的同情的沟槽；有时你得冒险，你得化本钱，你得抵拼在巉（chán）岈的乱石间，触刺的草缝里耐心的寻路，那时候艰难，苦痛，消耗，在在是可能的，在你这水一般灵动，水一般柔顺的寻求同情的心能找到平安欣快以前。

我所以说朋友是奢华，"相知"是宝贝，但得拿真性情的血本去换，去拼。因此我不敢轻易说话，因为我自己知道我的来源有限，十分的谨慎尚且不时有破产的恐惧；我不能随便"化"。前天有几位小朋友来邀我跟你们讲话，他们的恳切折服了我，使我不得不从命，但是小朋友们，说也惭愧，我拿什么来给你们呢？

我最先想来对你们说些孩子话，因为你们都还是孩子。但是那孩子的我到那里去了？仿佛昨天我还是个孩子，今天不知怎的就变了样。什么是孩子要不为一点活泼的天真？但天真就比是泥土里的嫩芽，天冷泥土硬就压住了它的生机——这年头问谁去要和暖的春风？

孩子是没了。你记得的只是一个不清切的影子，麻糊得紧，我这时候想起就像是一个瞎子追念

✒ 词语在线

巉岈：尖险的样子。

他自己的容貌，一样的记不周全；他即使想急了拿一双手到脸上去印下一个模子来，那模子也是个死的。真的没了。一天在公园里见一个小朋友不提多么活动，一忽儿上山，一忽儿爬树，一忽儿溜冰，一忽儿干草里打滚，要不然就跳着憨笑；我看着羡慕，也想学样，跟他一起玩，但是不能，我是一个大人，身上穿着长袍，心里存着体面，怕招人笑，天生的灵活换来矜持的存心——孩子，孩子是没有的了，有的只是一个年岁与教育蛀空了的躯壳，死僵僵的，不自然的。

我又想找回我们天性里的野人来对你们说话。因为野人也是接近自然的；我前几年过印度时得到极刻心的感想，那里的街道房屋以及土人的体肤容貌，生活的习惯，虽则简，虽则陋，虽则不夸张，却处处与大自然——上面碧蓝的天，火热的阳光，地下焦黄的泥土，高矗的椰树——相调谐。情调，色彩，结构，看来有一种意义的一致，就比是一件完美的艺术的作品。也不知怎的，那天看了他们的街，街上的牛车，赶车的老头露着他的赤光的头颅与紫姜色的圆肚，他们的庙，庙里的圣像与神座前的花，我心里只是不自在，就仿佛这情景是一个熟悉的声音的叫唤，叫你去跟着他，你的灵魂也何尝不活跳跳的想答应一声"好，我来了"，但是不能，又有碍路的挡着你，不许你回复这叫唤声启示给你的自由。困着你的是你的教育；我那时的难受就比是一条蛇摆脱不了困住他的一个硬性的外壳——野人也给压住了，永远出不来。

所以今天站在你们上面的我不再是融会自然的野人，也不是天机活灵的孩子：我只是一个"文明人"，我能说的只是"文明话"。但什么是文明只是堕落！文明人的心里只是种种虚荣的念头，他到处忙不算，到处都得计较成败，我怎么能对着你们不感觉惭愧？不了解自然不仅是我的心，我的话也是的。并且我即使有话说也没法表现，即使有思想也不能使你们了解；内里那点子性灵就比是在一座石壁里牢牢的砌住，一丝光亮都不透，就凭这双眼望见你们，但有什么法子可以传达我的意思给你们，我已经忘却了原来的语言，还有什么话可说的？

但我的小朋友们还是逼着我来说谎（没有话说而勉强说话便是谎）。知识，我不能给；要知识你们得请教教育家去，我这里是没有的。智慧，更没有了：智慧是地狱里的花果，能进地狱更能出地狱的才采得着智慧，不去地狱的便没有智慧——我是没有的。

我正发窘的时候，来了一个救星——就是我手里这一小幅画，等我来讲道理给你们听。这张画是我的拜年片，一个朋友替我制的。你们看这个小孩子在海边砂滩上独自的玩，赤脚穿着草鞋，右手提着一枝花，使劲把它往砂里栽，左手提着一把浇花的水壶，壶里水点一滴滴的往下吊着。离着小孩不远看得见海里翻动着的波澜。

你们看出了这画的意思没有？

在海砂里种花。在海砂里种花！那小孩这一番种花的热心怕是白费的了。砂碛是养不活鲜花的，这几点淡水是不能帮忙的；也许等不到小孩转身，这一朵小花已经支不住阳光的逼迫，就得交卸他有限的生命，枯萎了去。况且那海水的浪头也快打过来了，海浪冲来时不说这朵小小的花，就是大根的树也怕站不住——所以这花落在海边上是绝望的了，小孩这番力量准是白化的了。

你们一定狠能明白这个意思。我的朋友是狠聪明的，她拿这画意来比我们一群呆子，乐意在白天里做梦的呆子，满心想在海砂里种花的傻子，画里

✎ 词语在线

发窘：感到为难；表现出窘态。

📝 名师点评

民国时期，中国的新思想、新艺术非常贫乏，许多文学家、艺术家一心想改变这种现状，但是却无比艰难。

的小孩拿着有限的几滴淡水想维持花的生命，我们一群梦人也想在现在比沙漠还要干枯比沙滩更没有生命的社会里，凭着最有限的力量，想下几颗文艺与思想的种子，这不是一样的绝望，一样的傻？想在海砂里种花，多可笑呀！但我的聪明的朋友说，这幅小小画里的意思还不止此；讽刺不是她的目的。她要我们更深一层看。在我们看来海砂里种花是傻气，但在那小孩自己却不觉得。他的思想是单纯的，他的信仰也是单纯的。他知道的是什么？他知道花是可爱的，可爱的东西应得帮助他发长；他平常看见花草都是从地土里长出来的，他看来海砂也只是地，为什么海砂里不能长花他没有想到，也不必想到，他就知道拿花来栽，拿水去浇，只要那花在地上站直了他就欢喜，他就乐，他就会跳他的跳，唱他的唱，来赞美这美丽的生命，以后怎么样，海砂的性质，花的运命，他全管不着！我们知道小孩们怎样的崇拜自然，他的身体虽则小，他的灵魂却是大着，他的衣服也许脏，他的心可是洁净的。这里还有一幅画，这是自然的崇拜，你们看这孩子在月光下跪着拜一朵低头的百合花，这时候他的心与月光一般的清洁，与花一般的美丽，与夜一般的安静。我们可以知道到海边上来种花那孩子的思想与这月下拜花的孩子的思想会得跪下的——单纯、清洁，我们可以想像那一个孩子把花栽好了也是一样来对着花膜拜祈祷——他能把花暂时栽了起来便是他的成功，此外以后怎么样不是他的事情了。

你们看这个象征不仅美，并且有力量；因为它告诉我们单纯的信心是创作的泉源——这单纯的烂漫的天真是最永久最有力量的东西，阳光烧不焦他，狂风吹不倒他，海水冲不了他，黑暗掩不了他——地面上的花朵有被摧残有消灭的时候，但小孩爱花种花这一点："真"却有的是永久的生命。

我们来放远一点看。我们现有的文化只是人类在历史上努力与牺牲的成绩。为什么人们肯努力肯牺牲？因为他们有天生的信心；他们的灵魂认识什么是真什么是善什么是美，虽则他们的肉体与智识有时候会诱惑他们反着方向走路；但只要他们认明一件事情是有永久价值的时候，他们就自然的会得兴奋，不期然的自己牺牲，要在这忽忽变动的声色的世界里，赎出几个永久不变的原则的凭证来。耶稣为什么不怕上十字架？密尔顿何以瞎了眼还要做诗，贝德花芬何以聋了还要制音乐，密仡郎其罗

📖 词语在线

膜拜：跪在地上举两手虔诚地行礼。

为什么肯积受几个月的潮湿不顾自己的皮肉与靴子连成一片的用心思，为的只是要解决一个小小的美术问题？为什么永远有人到冰洋尽头雪山顶上去探险？为什么科学家肯在显微镜底下或是数目字中间研究一般人眼看不到心想不通的道理消磨他一生的光阴？

为的是这些人道的英雄都有他们不可摇动的信心；像我们在海砂里种花的孩子一样，他们的思想是单纯的——宗教家为善的原则牺牲，科学家为真的原则牺牲，艺术家为美的原则牺牲——这一切牺牲的结果便是我们现有的有限的文化。

你们想想在这地面上做事难道还不是一样的傻气——这地面还不与海砂一样不容你生根；在这里的事业还不是与鲜花一样的娇嫩？——潮水过来可以冲掉，狂风吹来可以折坏，阳光晒来可以熏焦我们小孩子手里拿着往砂里栽的鲜花，同样的，我们文化的全体还不一样有随时可以冲掉折坏熏焦的可能吗？巴比伦的文明现在那里？庞培城曾经在地下埋过千百年，克利脱的文明直到最近五六十年间才完全发见。并且有时一件事实体的存在并不能证明他生命的继续。这区区地球的本体就有一千万个毁灭的可能。人们怕死不错，我们怕死人，但最可怕的不是死的死人，是活的死人，单有躯壳生命没有灵性生活是莫大的悲惨；文化也有这种情形，死的文化倒也罢了，最可怜的是勉强喘着气的半死的文化。你们如其问我要例子，我就不迟疑的回答你说，朋友们，贵国的文化便是一个喘着气的活死人！时候已经狠久的了，自从我们最后的几个祖宗为了不变的原则牺牲他们的呼吸与血液，为了不死的生命牺牲他们有限的存在，为了单纯的信心遭受当时人的讪（shàn）笑与侮辱。时候已经狠久的了，自从我们最后听见普遍的声音像潮水似的充满著地面。时候已经狠久的了，自从我们最后看见强烈的光明像慧＜彗＞星似的扫掠过地面。时候已经狠久的了，自从我们最后为某种主义流过火热的鲜血。时候已经狠久的了，自从我们的骨髓里有胆量，我们的说话里有分量。这是一个极伤心的反省！我真不知道时代犯了什么不可赦的大罪，上帝竟狠心的赏给我们这样恶毒的刑罚？你看看去这年头到那里去找一个完全的男子或是一个完全的女子——你们去看去，这年头那一个男子不是阳痿，那一个女子不是鼓胀！要形容我们现在受罪的时期，我们得发

✏️ 词语在线

讪笑：讥笑。

明一个比丑更丑比脏更脏比下流更下流比苟且更苟且比懦怯更懦怯的一类生字去！朋友们，真的我心里常常害怕，害怕下回东风带来的不是我们盼望中的春天，不是鲜花青草蝴蝶飞鸟，我怕他带来一个比冬天更枯槁更凄惨更寂寞的死天——因为丑陋的脸子不配穿漂亮的衣服，我们这样丑陋的变态的人心与社会凭什么权利可以问青天要阳光，问地面要青草，问飞鸟要音乐，问花朵要颜色？你问我明天天会不会放亮？我回答说我不知道，竟许不！

归根是我们失去了我们灵性努力的重心，那就是一个单纯的信仰，一点烂漫的童真！不要说到海滩去种花——我们都是聪明人谁愿意做傻瓜去——就是在你自己院子里种花你都恐怕动手哪！最可怕的怀疑的鬼与厌世的黑影已经占住了我们的灵魂！

所以朋友们，你们都是青年，都是春雷声响不曾停止时破绽出来的鲜花，你们再不可堕落了——虽则陷阱的大口满张在你的跟前，你不要怕，你把你的烂漫的天真倒下去，填平了它再往前走——你们要保持那一点的信心，这里面连着来的就是精力与勇敢与灵感——你们要不怕做小傻瓜，尽量在这人道的海滩边种你的鲜花去——花也许会消灭，但这种花的精神是不烂的！

（本文写作时间和发表于报刊的时间不详）

品读赏析

作者开篇说"朋友是一种奢华"，因为在作者看来，真心难寻。为何难寻？因为我们失去了孩子般"单纯的烂漫的天真"。"海滩上种花"和"向花跪拜"是孩子的单纯和清洁，这种纯真具有永生的力量，同样的，人们心中的信仰也是一种永不泯灭的力量。

写作积累 XIEZUO JILEI

奢华　周全　发窘　膜拜　讪笑

·孩子，孩子是没有的了，有的只是一个年岁与教育蛀空了的躯壳，死僵僵的，不自然的。

·智慧，更没有了：智慧是地狱里的花果，能进地狱更能出地狱的才采得着智慧，不去地狱的便没有智慧——我是没有的。

·因为它告诉我们单纯的信心是创作的泉源——这单纯的烂漫的天真是最永久最有力量的东西，阳光烧不焦他，狂风吹不倒他，海水冲不了他，黑暗掩不了他——地面上的花朵有被摧残有消灭的时候，但小孩爱花种花这一点："真"却有的是永久的生命。

·你们要不怕做小傻瓜，尽量在这人道的海滩边种你的鲜花去——花也许会消灭，但这种花的精神是不烂的！

思考练习

1."海滩上种花的孩子"给你怎样的启示？

2.徐志摩如何看待人心中的信仰？

我的祖母之死

∙∙∙ 名 师 导 读 ∙∙∙

　　1923 年，徐志摩慈祥的祖母去世了，这让他万分伤感。在本文中，他回忆了祖母生前的点点滴滴，并讨论了生与死这个永恒的话题。那么，徐志摩用哪些例子来表现祖母的慈爱呢？他又是如何看待生死的？

一

一个单纯的孩子，

过他快活的时光，

与匆匆的，活泼泼的，

何尝识别生存与死亡？

这四行诗是英国诗人华茨华斯（William Wordsworth）一首有名的小诗叫做"我们是七人"（We are Seven）的开端，也就是他的全诗的主意。这位爱自然，爱儿童的诗人，有一次碰着一个八岁的小女孩，发卷蓬松的可爱，他问她兄弟姊妹共有几人。她说我们是七个，两个在城里，两个在外国，还有一个姊妹一个哥哥，在她家里附近教堂的墓园里埋着。但她小孩的心理，却不分清生与死的界限，她每晚携着她的干点心与小盘皿，到那墓园的草地里，独自的吃，独自的唱，唱给她的在土堆里眠着的兄姊听，虽则他们静悄悄的莫有回响，她烂漫的童心却不曾感到生死间有不可思议的阻隔；所以任凭华翁多方的譬解，她只是睁着一双灵动的小眼，回答说：

"可是，先生，我们还是七人。"

二

其实华翁自己的童真，也不让那小女孩的完全：他曾经说"在孩童时期，我不能相信我自己有一天也会得悄悄的躺在坟里，我的骸骨会得变成尘土"。又一次他对人说"我做孩子时最想不通的，

是死的这回事将来也会得轮到我自己身上"。

孩子们天生是好奇的，他们要知道猫儿为什么要吃耗子，小弟弟从那里变出来的，或是究竟先有鸡还是先有鸡蛋；但人生最重大的变端——死的见象与实在，他们也只能含糊的看过，我们不能期望一个个小孩子们都是搔头穷思的<u>丹麦王子</u>。他们临到丧故，往往跟着大人啼哭；但他只要眼泪一干，就会到院子里踢键子，赶蝴蝶，就使在屋子里长眠不醒了的是他们的亲爹或亲娘，大哥或小妹，我们也不能盼望悼死的悲哀可以完全翳蚀了他们稚羊小狗似的欢欣。你如其对孩子说，你妈死了，你知道不知道——他十次里有九次只是对着你发呆；但他等到要妈叫妈，妈偏不应的时候，他的嫩颊上就会有热泪流下。但小孩天然的一种表情，往往可以给人们最深的感动。我生平最忘不了的一次电影，就是描写一个小孩爱恋已死母亲的种种天真的情景。她在园里看种花，园丁告诉她这花在泥里，浇下水去，就会长大起来。那天晚上天下大雨，她睡在床上，被雨声惊醒了，忽然想起园丁的话，她的小脑筋里就发生了绝妙的主意。她偷偷的爬出了床，走下楼梯，到书房里去拿下桌上供着的她死母的照

✎ 词语在线

丹麦王子：
即指莎士比亚
笔下的哈姆莱
特。他说过："生
存还是毁灭，
这是一个值得
考虑的问题。"

片，一把揣在怀里，也不顾倾倒着的大雨，一直走到园里，在地上用园丁的小锄掘松了泥土，把她怀里的亲妈，谨慎的取出来，栽在泥里，把松泥掩护着；她做完了工就蹲在那里守候——一个三四岁的女孩，穿着白色的睡衣，在深夜的暴雨里，蹲在露天的地上，专心笃意的盼望已经死去的亲娘，像花草一般，从泥土里发长出来！

三

我初次遭逢亲属的大故，是二十年前我祖父的死。那时我还不满六岁，那是我生平第一次可怕的经验，但我追想当时的心理，我对于死的见解也不见得比华翁的那位小姑娘高明。我记得那天夜里，家里人吩咐祖父病重，他们今夜不睡了，但叫我和我的姊妹先上楼睡去，回头要我们时他们会来叫的。我们就上楼去睡了，底下就是祖父的卧房，我那时也不十分明白，只知道今夜一定有很怕的事，有火烧，强盗抢，做怕梦，一样的可怕。我也不十分睡着，只听得楼下的急步声，碗碟声，唤婢仆声，隐隐的哭泣声，不息的响着。过了半夜，他们上来把我从睡梦里抱了下去，我醒过来只听得一片

📝 词语在线

大故：指父亲或母亲死亡。

的哭声，他们已经把长条香点起来，一屋子的烟，一屋子的人，围拢在床前，哭的哭，喊的喊，我也挨了过去，在人丛里偷看大床里的好祖父。忽然听说醒了醒了，哭喊声也歇了，我看见父亲爬在床里，把病父抱持在怀里，祖父倚在他的身上，双眼紧闭着，口里衔着一块黑色的药物。他说话了，很轻的声音，虽则我不曾听明他说的什么话，后来知道他经过了一阵昏晕，他又醒了过来对家人说："你们吃吓了，这算是小死。"他接着又说了好几句话，随讲音随低，呼气随微，去了，再不醒了，但我却不曾亲见最后的<u>弥留</u>，也许是我记不起，总之我那时早已跪在地板上，手里擎着香，跟着大众高声的哭喊了。

词语在线

弥留：病重将要死亡。

四

此后我在亲戚家收殓虽则看得不少，但死的实在的状况却不曾见过。我们念书人的幻想力是较比的丰富，但往往因为有了幻想力，就不管生命现象的实在，结果是书呆子，陆放翁说的"百无一用是书生"。人生的范围是无穷的：我们少年时精力充足什么都不怕尝试，只愁没有出奇的事情做，往往抱怨这宇宙太窄，青天太低，大鹏似的翅膀飞不痛快，但是……但是平心的说，且不论奇的，怪的，特别的，离奇的，我们姑且试问人生里最基本的事实，最单纯的，最普遍的，最平庸的，最近人情的经验，我们究竟能有多少的把握，我们能有多少深澈的了解，我们是否都亲身经历过？譬如说：生产，恋爱，痛苦，悲，死，妒，恨，快乐，真疲倦，真饥饿，渴，毒焰似的渴，真的幸福，冻的刑罚，忏悔，种种的情热。我可以说，我们平常人生观，人类，人道，人情，真理，哲理，本能等等名词不离口吻的念书人们，什么文学家，什么哲学家——关于真正人生基本的事实的实在，知道的——恐怕是极微至鲜，即使不等于圆圈。我有一个朋友，他和他夫人的感情极厚，一次他夫人临到难产，因为在外国，所以进医院什么都得他自己照料，最后医生宣言只有用手术一法，但性命不能担保，他没有法子，只好和他半死的夫人诀别（解剖时亲属不准在旁的）。满心毒魔似的难受，他出了医院，走在道上，走上桥去，像得了离魂病似的，心脉春臼似的跳着，最后他听着了教堂和缓的钟声，他就不自主的跟着钟声，进了教堂，跟着在做礼拜的跪着，祷告，忏悔，祈求，唱诗，流泪（他并不是信教的人），他这样的挨过时刻，后来回转医院时，一步步都是惨酷的磨难，比上行刑场的犯人，加倍的难受，他怕见医生与看护妇，仿佛他的运命是在他们手掌里握着。事后他对人说"我这才知道了人生一点子的意味！"

五

所以不曾经历过精神或心灵的大变的人们，只是在生命的户外徘徊，也许偶尔猜想到几分墙内的动静，但总是浮的浅的，不切实的，甚至完全是隔膜的。人生也许是个空虚的幻梦，但在这幻象中，生与死，恋爱与痛苦，毕竟是陡起的奇峰，应得激动我们彷徨者的注意，在此中也许有可以感悟到一些幻里的真，虚中的实，这浮动的水泡不曾破裂以前，也应得饱吸自由的日光，反射几丝颜色！

我是一只不羁的野驹，我往往纵容想像的猖狂，诡辩人生的现实；比如凭藉凹折的玻璃，觉察当前景色。但时而复再，我也能从烦嚣的杂响中听出清新的乐调，在眩耀的杂彩里，看出有条理的意匠。这次祖母的大故，老家庭的生活，给我不少静

定的时刻，不少深刻的反省。我不敢说我因此感悟
了部分的真理，或是取得了若干的智慧；我只能说
我因此与实际生活更深了一层的接触，益发激动我
对于人生种种好奇的探讨，益发使我惊讶这迷谜的
玄妙，不但死是神奇的现象，不但生命与呼吸是神
奇的现象，就连日常的生活与习惯与迷信，也好像
放射着异样的光闪，不容我们擅用一两个形容词来
概状，更不容我们昌言什么主义来抹煞——一个革
新者的热心，碰着了实在的寒冰！

<h2 style="text-align:center">六</h2>

　　我在我的日记里翻出一封不曾写完不曾付寄的
信，是我祖母死后第二天的早上写的。我那时在极
强烈的极鲜明的时刻内，很想把那几日经过感想与
疑问，痛快的写给一个同情的好友，使他在数千里
外也能分尝我强烈的鲜明的感情。那位同情的好友
我选中了通伯，但那封信却只起了一个呆重的头，
一为丧中忙，二为我那时眼热不耐用心，始终不曾
写就，一直挨到现在再想补写，恐怕强烈已经变弱，
鲜明已经透暗，逃亡的囚逋，不易追获的了。我现
在把那封残信录在这里，再来追摹当时的情景。

通伯：我的祖母死了！从昨夜十时半起，直到现在，满屋子只是号啕呼抢的悲音，与和尚道士女僧的礼忏鼓磬声。二十年前祖父丧时的情景，如今又在眼前了。<u>忘不了的情景！你愿否听我讲些？</u>

我一路回家，怕的是也许已经见不到老人，但老人却在生死的交关仿佛存心的弥留着，等待她最钟爱的孙儿——即不能与他开言诀别，也使他尚能把握她依然温暖的手掌，抚摩她依然跳动着的胸怀，凝视她依然能自开自阖虽则不再能表情的目睛。她的病是脑充血的一种，中医称为"卒中"（最难救的中风）。她十日前在暗房里踬仆倒地，从此不再开口出言，登仙似的结束了她八十四年的长寿，六十年良妻与贤母的辛勤，她现在已经永远的脱辞了烦恼的人间，还归她清净自在的来处。我们承受她一生的厚爱与荫泽的儿孙，此时亲见，将来追念，她最后的神化，不能自禁中怀的摧痛，热泪暴雨似的盆涌，然痛心中却亦隐有无穷的赞美，热泪中依稀想见她功成德备的微笑，无形中似有不朽的灵光，永远的临照她绵衍的后裔……

七

旧历的乞巧那一天，我们一大群快活的游踪，驴子灰的黄的白的，轿子四个脚夫抬的，正在山海关外，纡回的，曲折的绕登角山的栖贤寺，面对着残圮的长城，巨虫似的爬山越岭，隐入烟霭的迷茫。那晚回北戴河海滨住处，已经半夜，我们还打算天亮四点钟上莲峰山去看日出，我已经快上床，忽然想起了，出去问有信没有，听差递给我一封电报，家里来的四等电报。我就知道不妙，果然是"祖母病危速回"！我当晚就收拾行装，赶早上六时车到天津，晚上才上津浦快车。正嫌路远车慢，半路又为水发冲坏了轨道过不去，一停就停了十二点钟有余，在车里多过了一夜，直到第三天的中午方才过江上沪宁车。这趟车如其准点到上海，刚好可以接上沪杭的夜车，谁知道又误了点，误了不多不少的一分钟，一面我们的车进站，他们的车头呜的一声叫，别断别断的去了！我若然是空身子，还可以冒险跳车，偏偏我的一只手又被行李雇定了，所以只得定着眼睛送它走。

所以直到八月二十二日的中午我方才到家。我

词语在线

乞巧：旧俗，农历七月初七的晚上，妇女在院子里陈设瓜果，向织女星祈祷，请求帮助她们提高刺绣缝纫等的技巧。

给通伯的信说"怕是已经见不着老人"，在路上那几天真是难受，缩不短的距离没有法子，但是那急人的水发，急人的火车，几面凑拢来，叫我整整的迟一昼夜到家！试想病危了的八十四岁的老人，这二十四点钟不是容易过的，说不定她刚巧在这个期间内有什么动静，那才叫人抱憾哩！但是结果还算没有多大的差池——她老人家还在生死的交关等着！

八

奶奶——奶奶——奶奶！奶——奶！你的孙儿回来了，奶奶！没有回音。老太太阖着眼，仰面躺在床里，右手拿着一把半旧的雕翎扇很自在的扇动着。老太太原来就怕热，每年暑天总是扇子不离手的，那几天又是特别的热。这还不是好好的老太太，呼吸顶匀净的，定是睡着了，谁说危险！奶奶，奶奶！她把扇子放下了，伸手去摸着头顶上挂着的冰袋，一把抓得紧紧的，呼了一口长气，像是暑天赶道儿的喝了一杯凉汤似的，这不是她明明的有感觉不是？我把她的手拿在我的手里，她似乎感觉我手心的热，可是她也让我握着，她开眼了！右眼张得比左眼开些，瞳子却是发呆，我拿手指在她的眼前一挑，她也没有瞬，那准是她瞧不见了——奶奶，奶奶，——她也真没有听见，难道她真是病了，真是危险，这样爱我疼我宠我的好祖母，难道真会得……我心里一阵的难受，鼻子里一阵的酸，滚热的眼泪就迸了出来。这时候床前已经挤满了人，我的这位，我的那位，我一眼看过去，只见一片惨白忧愁的面色，一双双装满了泪珠的眼眶。我的妈更看的憔悴。她们已经伺候了六天六夜，妈对我讲祖母这回不幸的情形，怎样的她夜饭前还在大厅上吩咐事情，怎样的饭后进房去自己擦脸，不知怎样的闪了下去，外面人听着响声才进去，已经是不能开口了，怎样的请医生，一直到现在还没有转机……

一个人到了天伦骨肉的中间，整套的思想情绪，就变换了式样与颜色。你的不自然的口音与语法没有用了；你的耀眼的袍服可以不必穿了；你的洁白的天使的翅膀，预备飞翔出人间到天堂的，不便在你的慈母跟前自由的开豁；你的理想的楼台亭阁，也不易轻易的放进这二百年的老屋；你的佩剑，要塞，以及种种的防御，在争竞的外界即使是必要的，到此只是可笑的累赘。在这里，不比在其余的地方，他们所要求于你的，只是随熟的声音与笑貌，只是好的，纯粹的本性，只是一个没有斑点子的赤裸裸的好心。在这些纯爱的骨肉的经纬中心，不由得你不从你的天性里抽出最柔糯亦最有力的几缕丝线来加密或是缝补这幅天伦的结构。

所以我那时坐在祖母的床边，含着两朵热泪，听母亲叙述她的病况，我脑中发生了异常的感想，我像是至少逃回了二十年的光阴，正如我膝前子侄辈一般的高矮，回复了一片纯朴的童真，早上走来祖母的床前，揭开帐子叫一声软和的奶奶，她也回叫了我一声，伸手到里床去摸给我一个蜜枣或是三片状元糕，我又叫了一声奶奶，出去玩了，那是如何可爱的辰光，如何可爱的天真，但如今没有了，再也不回来了。现在床里躺着的，还不是我的亲爱的祖母，十个月前我伴着到普渡（陀）登山拜佛清健的祖母，但现在何以不再答应我的呼唤，何以不再能表情，不再能说话，她的灵性那里去了，她的灵性那里去了？

名师点评

作者怀念曾经慈爱、强健的祖母，甚至对弥留之际的祖母产生了质疑，从侧面表现出他对祖母的爱。

九

一天，一天，又是一天——在垂危的病塌前过的时刻，不比平常飞驶无碍的光阴，时钟上同样的一声的嗒，直接的打在你的焦急的心里，给你一种模糊的隐痛——祖母还是照样的眠着，右手的脉自从起病以来已是极微仅有的，但不能动弹的却反是有脉的左侧，右手还是不时在挥扇，但她的呼吸还是一例的平匀，面容虽不免瘦削，光泽依然不减，并没有显着的衰象，所以我们在旁边看她的，差不多每分钟都盼望她从这长期的睡眠中醒来，打一个呵欠，就开眼见人，开口说话——果然她醒了过来，我们也不会觉得离奇，像是原来应当似的。但这究竟是我们亲人绝望中的盼望，实际上所有医生，中医，西医，针医，都已一致的回绝，说这是"不治之症"，中医说这脉象是凭证，西医说脑壳里血管破裂，虽则植物性机能——呼吸，消化——不曾停止，但言语中枢已经断绝——此外更专门更玄学更科学的理论我也记不得了。所以暂时不变的原因，就在老太太本来的体元太好了，拳术家说的"一时不能散工"，并不是病有转机的兆头。

我们自己人也何尝不明白这是个绝症；但我们却总不忍自认是绝望：这"不忍"便是人情。我有时在病榻前，在凄悒的静默中，发生了重大疑问。科学家说人的意识与灵感，只是神经系统最高的作

词语在线

中枢：在一事物系统中起总的主导作用的部分。

用，这复杂，微妙的机械，只要部分有了损伤或是停顿，全体的动作便发生相当的影响；如其最重要的部分受了扰乱，他不是变成反常的疯癫，便是完全的失去意识。照这一说，体即是用，离了体即没有用；灵魂是宗教家的大谎，人的身体一死什么都完了。这是最干脆不过的说法，我们活着时有这样有那样已经尽够麻烦，尽够受，谁还有兴致，谁还愿意到坟墓的那一边再去发生关系，地狱也许是黑暗的，天堂是光明的，但光明与黑暗的区别无非是人类专擅的假定，我们只要摆脱这皮囊，还归我清静，我就不愿意头戴一个黄色的空圈子，合着手掌跪在云端里受罪！

再回到事实上来，我的祖母——一位神智最清明的老太太——究竟在那里？我既然不能断定因为神经部分的震裂她的灵感性便永远的消灭，但同时她又分明的失却了表情的能力，我只能设想她人格的自觉性，也许比平时消潜了不少，却依旧是在着，像在梦魇里将醒未醒时似的，明知她的儿女孙曾不住的叫唤她醒来，明知她即使要永别也总还有多少的嘱咐，但是可怜她的眼球再不能反映外界的印象，她的声带与口舌再不能表达她内心的情意，隔着这脆弱的肉体的关系，她的性灵再不能与她最亲的骨肉自由的交通——也许她也在整天整夜的伴着我们焦急，伴着我们伤心，伴着我们出泪，这才是可怜，这才真叫人悲戚哩！

十

到了八月二十七那天，离她起病的第十一天，医生吩咐脉象大大的变了，叫我们当心，这十一天内每天她只咽入很困难的几滴稀薄的米汤，现在她的面上的光泽也不如早几天了，她的目眶更陷落了，她的口部的筋肉也更宽弛了，她右手的动作也减少了，即使拿起了扇子也不再能很自然的扇动了——她的大限的确已经到了。但是到晚饭后，反是没有什么显象。同时一家人着了忙，准备寿衣的，准备冥银的，准备香灯等等的。我从里走出外，又从外走进里，只见匆忙的脚步与严肃的面容。这时病人的大动脉已经微细的不可辨，虽则呼吸还不至怎样的急促。这时一门的骨肉已经齐集在病房里，等候那不可避免的时刻。到了十时光景，我和我的父亲正坐在房的那一头一张床上，忽然听得一个哭叫的声音说——"大家快来看呀，老太太的眼睛张大了！”这尖锐的喊声，仿佛是一大桶的冰水浇在我的身上，我所有的毛管一齐竖了起来，我们跟（liàng）跄（qiàng）的奔到了床前，挤进了人群。果然，老太太的眼睛张大了，张得很大了！这是我一生从不曾见过，也是我一辈子忘不了的眼见的神奇。（恕罪我的描写！）不但是两眼，面容也是绝对的神变了（Transfigured）；她原来皱缩的面上，发出一种鲜润的彩泽，仿佛半瘀的血脉，又一度满充了生命的精液，她的口，她的两颊，也都回复了异样的丰润；同时她的呼吸渐渐的上升，急进的短促，现在已经几乎脱离了气管，只在鼻孔里脆响的呼出了。但是最神奇不过的是一只眼睛！她的瞳孔早已失去了收敛性，呆顿的放大了。但是最后那几秒钟！不但眼眶是充分的张开了，不但黑白分明，瞳孔锐利的紧敛了，并且放射着一种不可形容，不可信的辉光，我只能称他为“生命最集中的灵光”！这时候床前只是一片的哭声，子媳唤着娘，孙子唤着祖母，婢仆争喊着老太太，几个稚龄的曾孙，也跟着狂叫太太……但老太太最后的开眼，仿佛是与她亲爱的骨肉，作无言的诀别，我们都在号泣的送终，她也安慰了，她放心的去了。在几秒时内，死的黑影已经移上了老人的面部，遏灭了生命的异彩，她最后的呼气，正似水泡破裂，电光沓灭，菩提的一响，生命呼出了窍，什么都止息了。

十一

　　我满心充塞了死像的神奇，同时又须雇管我有病的母亲，她那时出性的号啕，在地板上滚着，我自己反而哭不出来。我自己也觉得奇怪，眼看着一家长幼的涕泪滂沱，耳听着狂沸似的呼抢号叫，我不但不发生同情的反应，却反而达到了一个超感情的，静定的，幽妙的意境，我想像的看见祖母脱离了躯壳与人间，穿着雪白的长袍，冉冉的上升天去，我只想默默的跪在尘埃，赞美她一生的功德，赞美她一生的圆寂。这是我的设想！我们内地人却没有这样纯粹的宗教思想；他们的假定是不论死的是高年厚德的老人或是无知无愆的幼孩，或是罪大恶极的凶人，临到弥留的时刻总是一例的有无常鬼，摸壁鬼，牛头马面，赤发獠牙的阴差等等到门，拿着镣链枷锁，来捉拿阴魂到案。所以烧纸帛是平他们的暴戾，最后的呼抢是没奈何的诀别。这也许是大部分临死时实在的情景，但我们却不能概

词语在线

滂沱：形容雨下得很大。

定所有的灵魂都不免遭受这样的凌辱。譬如我们的祖老太太的死，我只能想像她是登天，只能想像她慈祥的神化——像那样鼎沸的号啕，固然是至性不能自禁，但我总以为不如匍伏隐泣或默祷，较为近情，较为合理。

理智发达了，感情便失了自然的浓挚；厌世主义的看来，眼泪与笑声一样是空虚的，无意义的。但厌世主义姑且不论，我却不相信理智的发达，会得妨碍天然的情感；如其教育真有效力，我以为效力就在剥削了不合理性的"感情作用"，但决不会有损真纯的感情；他眼泪也许比一般人流得少些，但他等到流泪的时候，他的泪才是应流的泪。我也是智识愈开流泪愈少的一个人，但这一次却也真的哭了好几次。一次是伴我的姑母哭的。她为产后不曾复元，所以祖母的病一直瞒着她，一直到了祖母故后的早上方才通知她。她扶病来了。她还不曾下轿，我已经听出她在啜泣，我一时感觉一阵的悲伤，等到她出轿放声时，我也在房中嘘唏不住。又一次是伴祖母当年的赠嫁婢哭的。她比祖母小十一岁，今年七十三岁，亦已是个白发的婆子，她也来哭她的"小姐"，她是见着我祖母的花烛的唯一个

词语在线

厌世：悲观消极，厌弃人生。

花烛：旧式结婚新房里点的蜡烛，上面多用龙凤图案等做装饰。

人，她的一哭我也哭了。

再有是伴我的父亲哭的。我总是觉得一个身体伟大的人，他动情感的时候，动人的力量也比平常人伟大些。我见了我父亲哭泣，我就忍不住要伴着淌泪。但是感动我最强烈的几次，是他一人倒在床里，反覆的啜泣着，叫着妈，像一个小孩似的，我就感到最热烈的伤感，在他伟大的心胸里浪涛似的起伏，我就感到母子的感情的确是一切感情的起源与总结，等到一失慈爱的荫蔽，仿佛一生的事业顿时莫有了根柢，所有的快乐都不能填平这唯一的缺陷；所以他这一哭，我也真哭了。

但是我的祖母果真是死了吗？她的躯体是的。但她是不死的。诗人勃兰恩德（Bryant）说：

So live, that when thy summons comes to join the innumerable caravan, which moves to that mysterious realm where each one takes his chamber in the silent halls of death, then go not, like the quarry slave at night scourged to his dungeon, but sustained and soothed.

By an unfaltering truth, approach thy grave like one that wraps the drapery of his couch, about him, and lies

✐ 词语在线

这段英文译为："活下去吧，当你受到召唤，去加入那个不断向神秘的领域前进的无穷无尽的旅行队伍里，去死亡的府第入住的时候，不要像逃奴那样，夜里在鞭子的抽打下回到他的地牢，而应该保持镇定和平静。因为追求真理的信念从不动摇，当你走进坟墓时，应该像上床睡觉一样，将毯子卷好，然后躺进去进入甜蜜的梦乡。"

down to pleasant dreams.

如果我们的生前是尽责任的，是无愧的，我们就会安坦的走近我们的坟墓，我们的灵魂里不会有惭愧或悔恨的啮痕。人生自生至死，如勃兰恩德的比喻，真是大队的旅客在不尽的沙漠中进行，只要良心有个安顿，到夜里你卧倒在帐幕里也就不怕噩梦来缠绕。

我的祖母，在那旧式的环境里，到我们家来五十九年，真像是做了长期的苦工，她何尝有一日的安闲，不必说子女的嫁娶，就是一家的柴米油盐，扫地抹桌，那一件事不在八十岁老人早晚的心上！我的伯父快近六十岁了，但他的起居饮食，还差不多完全是祖母经管的，初出世的曾孙如其有些身热咳嗽，老太太晚上就睡不安稳；她爱我宠我的深情，更不是文学所能描写；她那深厚的慈荫，真是无所不包，无所不蔽。但她的身心即使劳碌了一生，她的报酬却在灵魂无上的平安；她的安慰就在她的儿女孙曾，只要我们能够步她的前例，各尽天定的责任，她在冥冥中也就永远的微笑了。

十一月二十四日

（本文原载于 1923 年 12 月 1 日《晨报五周年纪念增刊》）

徐志摩出生在一个传统的富商家庭，他的祖母是一位任劳任怨、慈爱善良的老人，她为这个家操劳了近六十年，直到临死前依然关心着家里的每一个人。这样的一位老人，自然会受到家人的尊重与爱戴。徐志摩描写自己耽误归程时的懊恼、见到弥留祖母时的伤感和种种想法、见到亲人啜泣时的忍不住流泪，真情流露，感人至深。

写作积累 XIEZUO JILEI

蓬松　不可思议　弥留　诡辩　天伦　踉跄　柴米油盐

·但她小孩的心理，却不分清生与死的界限，她每晚携着她的干点心与小盘皿，到那墓园的草地里，独自的吃，独自的唱，唱给她的在土堆里眠着的兄姊听，虽则他们静悄悄的莫有回响，她烂漫的童心却不曾感到生死间有不可思议的阻隔。

·但是平心的说，且不论奇的，怪的，特别的，离奇的，我们姑且试问人生里最基本的事实，最单纯的，最普遍的，最平庸的，最近人情的经验，我们究竟能有多少的把握，我们能有多少深澈的了解，我们是否都亲身经历过？

·我是一只不羁的野驹，我往往纵容想像的猖狂，诡辩人生的现实；比如凭藉凹折的玻璃，觉察当前景色。但时而复再，我也能从烦嚣的杂响中听出清新的乐调，在眩耀的杂彩里，看出有条理的意匠。

·照这一说，体即是用，离了体即没有用；灵魂是宗教家的大谎，人的身体一死什么都完了。

·理智发达了，感情便失了自然的浓挚；厌世主义的看来，眼泪与笑声一样是空虚的，无意义的。

思考练习

1. 作者回家时为什么晚到了一天？
2. 祖母去世后，"智识愈开流泪愈少"的作者为什么哭了好几次？

自　剖

　　真实，是散文最大的魅力之一，包括真实的思想、真实的情感、真实的体验。本文中，世人眼中富有灵感和才气的大诗人、散文家徐志摩勇敢地袒露自己真实的一面，展现出他的痛苦、困惑和焦虑。想认识一个真实的徐志摩吗？先认真读一读他这篇真诚、隽永的内心独白吧！

　　我是个好动的人。每回我身体行动的时候，我的思想也仿佛就跟着跳荡。我做的诗，不论它们是怎样的"无聊"，有不少是在旅行期中想起的，我爱动，爱看动的事物，爱活泼的人，爱水，爱空中的飞鸟，爱车窗外掣过的田野山水。星光的闪动，草叶上露珠的颤动，花须在微风中的摇动，雷雨时云空的变动，大海中波涛的汹涌，都是在在触动我感兴的情景。是动，不论是什么性质，就是我的兴趣，我的灵感。是动就会催快我的呼吸，加添我的生命。

近来却大大的变样了。第一我自身的肢体，已不如原先灵活；我的心也同样的感受了不知是年岁还是什么的拘絷。动的现象再不能给我欢喜，给我启示。先前我看着在阳光中闪烁的金波，就仿佛看见了神仙宫阙——什么荒诞美丽的幻觉，不在我的脑中一闪闪的掠过；现在不同了，阳光只是阳光，流波只是流波，任凭景色怎样的灿烂，再也照不化我的呆木的心灵。我的思想，如其偶尔有，也只似岩石上的藤萝，贴着枯干的粗糙的石面，极困难的蜒着；颜色是苍黑的，姿态是倔强的。

我自己也不懂得何以这变迁来得这样的兀突，这样的深彻。原先我在人前自觉竟是一注的流泉，在在有飞沫，在在有闪光；现在这泉眼，如其还在，仿佛是叫一块石板不留余隙的给镇住了。我再没有先前那样蓬勃的情趣，每回我想说话的时候，就觉着那石块的重压，怎么也掀不动，怎么也推不开，结果只能自安沉默！"你再不用想什么了，你再没有什么可想的了"；"你不用开口了，你再没有什么话可说的了", 我常觉得我沉闷的心府里有这样半嘲讽半吊唁的谆嘱。

　　说来我思想上或经验上也并不曾经受什么过分剧烈的戟刺。我处境是向来顺的, 现在, 如其有不同, 只是更顺了的。那么为什么这变迁? 远的不说, 就比如我年前到欧洲去时的心境: 阿! 我那时还不是一只初长毛角的野鹿? 什么颜色不激动我的视觉, 什么香味不奋兴我的嗅觉? 我记得我在意大利写游记的时候, 情绪是何等的活泼, 兴趣何等的醇厚, 一路来眼见耳听心感的种种, 那一样不活栩栩的丛集在我的笔端, 争求充分的表现! 如今呢? 我这次到南方去, 来回也有一个多月的光景, 这期内眼见耳听心感的事物也该有不少。我未动身前, 又何尝不自喜此去又可以有机会饱餐西湖的风色, 邓尉的梅香——单提一两件最合我脾胃的事, 有好多朋友也曾期望我在这闲暇的假期中采集一点江南风趣, 归来时, 至少也该带回一两篇爽口的诗文, 给在北京泥土的空气中活命的朋友们一些清醒的消遣。但在事实上不但在南中时我白瞪着大眼, 看天亮换天昏, 又闭上了眼, 拼天昏换天亮, 一支秃笔跟着我涉海去, 又跟着我涉海回来, 正如岩洞里的

词语在线

　　脾胃: 脾和胃, 借指对事物爱好、憎恶的习性。

一根石笋，压根儿就没一点摇动的消息；就在我回京后这十来天，任凭朋友们怎样的催促，自己良心怎样的责备，我的笔尖上还是滴不出一点墨沈来。我也会勉强想想，勉强想写，但到底还是白费！可怕是这心灵骤然的呆顿。完全死了不成？我自己在疑惑。

名师点评

这里作者为自己心灵呆顿、无法下笔找到了一个原因——五卅事件，这是一场震惊全国的血案，作者内心的震惊可想而知。

说来是时局也许有关系。我到京几天就逢着空前的血案。五卅事件发生时我正在意大利山中，采茉莉花编花篮儿玩，翡冷翠山中只见明星与流萤的交唤。花香与山色的温存，俗氛是吹不到的。直到七月间到了伦敦，我才理会国内风光的惨淡。等到我赶回来时，设想中的激昂，又早变成了明日黄花，看得见的痕迹只有满城黄墙上墨彩斑烂的"泣告"！

这回却不同。屠杀的事实不仅是在我住的城子里发见，我有时竟觉得是我自己的灵府里的一个惨象。杀死的不仅是青年们的生命，我自己的思想也仿佛遭着了致命的打击，好比是国务院前的断胫残肢，再也不能回复生动与连贯。但这深刻的难受在我是无名的，是不能完全解释的。这回事变的奇惨性引起愤慨与悲切是一件事，但同时我们也知道在这根本起变态作用的社会里，什么怪诞的情形都是可能的。屠杀无辜，还不是年来最平常的现象。自从内战纠结以来，在受战祸的区域内，那一处村落不曾分到过遭奸污的女性，屠残的骨肉，供牺牲的生命财产？这无非是给冤氛围结的地面上多添一团更集中更鲜艳的怨毒。再说那一个民族的解放史能不浓浓的染着 <u>Martyrs</u> 的腔血？俄国革命的开幕就是二十年前冬宫的血景，只要我们有识力认定，有胆量实行，我们理想中的革命，这回羔羊的血就不会是白涂的。所以我个人的沉闷决不完全是这回惨案引起的感情作用。

　　爱和平是我的生性。在怨毒、猜忌、残杀的空气中，我的神经每每感受一种<u>不可名状</u>的压迫。记得前年奉直战争时我过的那日子简直是一团黑漆。每晚更深时，独自抱着腊壳伏在书桌上受罪，仿佛整个时代的沉闷盖在我的头顶——直到写下了"毒药"那几首不成形的咒诅诗以后，我心头的紧张才渐渐的缓和下去。这回又有同样的情形；只觉着烦，只觉着闷，感想来时只是破碎，笔头只是笨滞。结果身体也不舒畅，像是蜡油涂抹住了全身毛窍似的难过。一天过去了又是一天，我这里又在重演更深独坐箍紧脑壳的姿势。窗外皎洁的月光，分明是在嘲讽我内心的枯窘！

不，我还得往更深处挖。我不能叫这时局来替我思想骤然的呆顿负责，我得往我自己生活的底里找去。

平常有几种原因可以影响我们的心灵活动。实际生活的牵制可以劫去我们心灵所需要的闲暇，积成一种压迫。在某种热烈的想望不曾得满足时，我们感觉精神上的烦闷与焦躁，失望更是颠覆内心平衡的一个大原因；较剧烈的种类可以麻痹我们的灵智，淹没我们的理性。<u>但这些都合不上我的病源；因为我在实际生活里已经得到十分的幸运。我的潜在意识里，我敢说不该有什么压着的欲望在作怪。</u>

但是在实际上反过来看，另有一种情形可以阻塞或是减少你心灵的活动。我们知道舒服，健康，幸福，是人生的目标，我们因此推想我们痛苦的起点是在望见那些目标而得不到的时候。我们常听人说"假如我像某人那样生活无忧我一定可以好好的做事，不比现在整天的精神全化在琐碎的烦恼上"。我们又听说"我不能做事就为身体太坏，若是精神来得，那就……"我们又常常设想幸福的境界，我

名师点评

徐志摩出身富商家庭，再加上年少成名、相貌出众，他的确比普通人少了许多烦恼，而这也让他的"思想骤然的呆顿"的原因更加复杂了。这里为下文做好了铺垫。

们想："只要有一个意中人在跟前那我一定奋发，什么事做不到？"但是不，在事实上，舒服，健康，幸福，不但不一定是帮助或奖励心灵生活的条件，它们有时正得相反的效果。我们看不起有钱人，在社会上得意的人，肌肉过分发展的运动家，也正在此；至于年少人幻想中的美满幸福，我敢说等得当真有了红袖添香，你的书也就读不出所以然来，且不说什么在学问上或艺术上更认真的工作。

那末生活的满足是我的病源吗？

"在先前的日子，"一个真知我的朋友，就说，"正为是你生活不得平衡，正为你有欲望不得满足，你的压在内里的 Libido 就形成一种升华的现象，结果你就借文学来发泄你生理上的郁结（你不常说你从事文学是一件不预期的事吗？）；这情形又容易在你的意识里形成一种虚幻的希望，因为你的写作得到一部分赞许，你就自以为确有相当创作的天赋以及独立思想的能力。但你只是自冤自，实在你并没有什么超人一等的天赋，你的设想多半是虚荣，你的以前的成绩只是升华的结果。所以现在等得你生活换了样，感情上有了安顿，你就发见你向来写作的来源顿呈萎缩甚至枯竭的现象；而你又不愿意

词语在线

Libido：即奥地利心理学家弗洛伊德所创的心理分析学术语。狭义地指性本能，广义上指追求爱欲、快感乃至死亡的本能。

承认这情形的实在，妄想到你身子以外去找你思想枯窘的原因，所以你就不由的感到深刻的烦闷。你只是对你自己生气，不甘心承认你自己的本相。不，你原来并没有三头六臂的！

"你对文艺并没有真兴趣，对学问并没有真热心。你本来没有什么更高的志愿，除了相当合理的生活，你只配安分做一个平常人，享你命里铸定的'幸福'；在事业界，在文艺创作界，在学问界内，全没有你的位置，你真的没有那能耐。不信你只要自问在你心里的心里有没有那无形的'推力'，整天整夜的恼着你，逼着你，督着你，放开实际生活的全部，单望着不可捉摸的创作境界里去冒险？是的，顶明显的关键就是那无形的推力或是冲动（The Impulse），没有它人类就没有科学，没有文学，没有艺术，没有一切超越功利实用性质的创作。你知道在国外（国内当然也有，许没那样多）有多少人被这无形的推力驱使着，在实际生活上变成一种离魂病性质的变态动物，不但人们所有的虚荣永远沾不上他们的思想，就连维持生命的睡眠饮食，在他们都失了重要，他们全部的心力只是在他们那无形的推力所指示的特殊方向上集中应用。怪不得有

人说天才是疯癫；我们在巴黎伦敦不就到处碰得着
这类怪人？如其他是一个美术家，恼着他的就只怎
样可以完全表现他那理想中的形体；一个线条的准
确，某种色彩的调谐，在他会得比他生身父母的生
死与国家的存亡更重要，更迫切，更要求注意。我
们知道专门学者有终身掘坟墓的，研究蚊虫生理
的，观察亿万万里外一个星动定的。并且他们决
不问社会对于他们的劳力有否任何的认识，那就
是虚荣的进路；他们是被一点无形的推力的魔鬼
蛊（gǔ）定了的。

　　"这是关于文艺创作的话。你自问有没有这种
情形。你也许经验过什么'灵感'，那也许有，但
你却不要把刹那误认作永久的，虚幻认作真实。至
于说思想与真实学问的话，那也得背后有一种推
力，方向许不同，性质还是不变。做学问你得有原
动的好奇心，得有天然热情的态度去做求知识的
工夫。真思想家的准备，除了特强的理智，还得有
一种原动的信仰；信仰或寻求信仰，是一切思想的
出发点：极端的怀疑派思想也只是期望重新位置信
仰的一种努力。从古来没有一个思想家不是宗教性
的。在他们，各按各的倾向，一切人生的和理智的

问题是实在有的；神的有无，善与恶，本体问题，认识问题，意志自由问题，在他们看来都是含逼迫性的现象，要求合理的解答——比山岭的崇高，水的流动，爱的甜密更真，更实在，更耸动。他们的一点心灵，就永远在他们设想的一种或多种问题的周围飞舞，旋绕，正如灯蛾之于火焰：牺牲自身来贯彻火焰中心的秘密，是他们共有的决心。

"这种惨烈的情形，你怕也没有吧？我不说你的心幕上就没有思想的影子；但它们怕只是虚影，像水面上的云影，云过影子就跟着消散，不是石上的雷痕越日久越深刻。

"这样说下来，你倒可以安心了！因为个人最大的悲剧是设想一个虚无的境界来谎骗你自己；骗不到底的时候你就得忍受'幻灭'的莫大的苦痛。与其那样，还不如及早认清自己的深浅，不要把不必要的负担，放上支撑不住的肩背，压坏你自己，还难免旁人的笑话！朋友，不要迷了，定下心来享你现成的福分吧；思想不是你的分，文艺创作不是你的分，独立的事业更不是你的分！天生扛了重担来的那也没法想（那一个天才不是活受罪！），你是原来轻松的，这是多可羡慕，多可贺喜的一个发見！算了吧，朋友！"

三月二十五至四月一日

（本文原载于 1926 年 4 月 3 日《晨报副刊》）

> **品读赏析**
>
> 　　在这篇散文中，作者抽丝剥茧般地寻找自己"思想呆顿"的原因，最后得出的结论就是：外部的原因不过是略有影响，真正要负责的还是自己的内心丧失了无形的推力，缺乏为真理、为信仰牺牲的冲动和勇气。这种自剖，触及了小资产阶级软弱性和妥协性的一面，是一种较为彻底的自我认知。

写作积累 XIEZUO JILEI

蓬勃　不可名状　三头六臂　驱使　贯彻

·星光的闪动，草叶上露珠的颤动，花须在微风中的摇动，雷雨时云空的变动，大海中波涛的汹涌，都是在在触动我感兴的情景。

·我再没有先前那样蓬勃的情趣，每回我想说话的时候，就觉着那石块的重压，怎么也掀不动，怎么也推不开，结果只能自安沉默！

·爱和平是我的生性。在怨毒、猜忌、残杀的空气中，我的神经每每感受一种不可名状的压迫。

·你只是对你自己生气，不甘心承认你自己的本相。不，你原来并没有三头六臂的！

·他们的一点心灵，就永远在他们设想的一种或多种问题的周围飞舞，旋绕，正如灯蛾之于火焰：牺牲自身来贯彻火焰中心的秘密，是他们共有的决心。

思考练习

1. 作者之所以"自剖"，是因为发现了自己的哪些问题？
2. 作者找到问题的根源了吗？如果找到了，根源是什么呢？

徐志摩诗歌的艺术成就

徐志摩是现代著名诗人，他对诗艺的创新、他的诗歌中的"性灵"色彩以及他勇于打破格律束缚的特点，使得他的诗歌在新诗的发展史上占有重要的地位。徐志摩有着纯净、真实、热情的诗人气质，从小所接受的传统教育和出国留学的经历让他的诗歌融汇中西特色，独具韵味。他对爱情的执着注定了他的痛苦，这种痛苦在他的诗歌中得到了充分的宣泄，使得爱情诗成为他诗歌中成就最高的一类。

徐志摩诗歌的形式简单却富于变化，衍生出了许多的美感。他的诗歌形式中有一类是比较整饬的方块形，这是受到了古典诗词的影响，讲求句式、字数的整齐划一；还有一类参差的形式，具有错落的美感。徐志摩诗歌多有鲜活的形象，其意境的空灵、清新，能够引起读者的共鸣。他的诗不仅具有古典诗歌情景交融、虚实相生的特点，还渗进了西方诗歌中强烈的抒情色彩，感染力很强，让人读后韵味无穷。

徐志摩受印度"诗圣"泰戈尔的影响很大，两位大诗人都崇尚

"性灵"。徐志摩的"性灵"主要表现在生死观上，他在一篇散文中表达了自己的生死观："人生也许是个空虚的幻梦，但在这幻象中，生与死，恋爱与痛苦，毕竟是陡起的奇峰，应得激动我们彷徨者的注意，在此中也许有可以感悟到一些幻里的真，虚中的实，这浮动的水泡不曾破裂以前，也应得饱吸自由的日光，反射几丝颜色！"这种观念也在他的诗歌中有着鲜明的体现，例如他的代表作《再别康桥》："悄悄的我走了，正如我悄悄的来；我挥一挥衣袖，不带走一片云彩。"来得自在洒脱，走得恬静安详；生如春花之绚烂，死如秋叶之静美。

徐志摩的诗歌遵从闻一多的"三美"理论（音乐美、建筑美、绘画美）。他敢于突破古典的抒情方式，大胆尝试、创造新体式，为新诗开拓了新的路径，有效阻止了新诗过于散漫、内容流于肤浅空泛的弊端，使思想更有深度。

徐志摩用他独特的审美视角和文学语言，为我们构建了无数经典。他的诗歌轻灵、流丽、柔美，犹如一曲曲如泣如诉的音乐，穿越了时光和空间，将我们带入诗歌的瑰丽殿堂，带给我们永恒的审美体验。